「你們人類都是騙子，我不會再相信你們了。」

白鳳

身懷魔氣的狐妖，遠從對岸的大陸長途跋涉而來，本體是一隻潔白如雪的大狐狸。
原本是個入魔已深，被天人們視為剷除目標的一方魔尊。
對人類的戒心很重，專找那些曾經欺騙他人的傢伙，
質問他們欺騙的理由，問完之後如果覺得不滿意，就挖開他們的心吃掉。
後來發生了一些事情得到了淨化的機緣，但並沒有因此徹底脫出魔道之列，
而是一直在四處尋找著什麼，這次特地長途跋涉而來似乎也是別有目的。

雪林子

身著道袍，跟著白狐一起在安慈夢中出現的道士。
是個孤兒，雪林是他自己取的名字，
因為他打有意識起就生活在一片終年冬雪的山林，所以就這麼命名了，
而雪林子是他得道之後懶得想道號，所以就直接在名字後頭加上一個「子」了事。
頂了一張除卻年齡稍長之外幾乎跟阿祥一模一樣的臉孔，
法術不太靈光，劍術有點兩光，當初是怎麼得道成仙的其實連他本人都不太明白。
在一次領命下凡後殞落，仙體下落不明。

「總之重心先壓低，持劍平舉橫於心，然後——」
『——錯了，你右腳得先跨出去，不然會摔的。』
「啊？啊！」然後他就摔了，面部朝地。

三日月

三日月

輕世代
FW070
日京川 著
kiDChan 繪
青燈
肆

青燈

日京川 著
kiDChan 繪

青燈・楔子

「這世上沒有什麼事情，是毫無關聯的。」

一邊泡著茶，爺爺一邊對我這麼說，熱水蒸出的白霧朦朧了他的臉，「就像是一張網，即使只是小小牽動了其中一條線，最後卻會將整張網都給拉了過來。一切都是有關聯的，只是拉線的當下人們不知道而已。」

聽起來是很深奧的內容，至少這對當時還不滿五歲的我來說，實在是太深奧了。至於為什麼我總是能將這些年幼時期的對話記得那麼清楚……老實說這點我也很想知道，總覺得爺爺的話就像是有什麼特殊的魔力，一旦說出口，就會在你的腦子裡打上印記，想忘都忘不掉。

「那小慈不要去拉線不就好了？」小小的我坐在一旁吃著桂花糕，稚嫩的腦子無法理解，所以我天真的這麼回道：「只要不拉線，就不會扯到網子啦！嗯，小慈真聰明！」一邊說，我邊點頭肯定自己的想法。

爺爺笑了。

「這可不行啊，」搖搖頭，爺爺笑得十分開懷，「小慈的手，是註定會纏上許多線的，有些是它們自己繞上來，有些則是你自己去撈來……小慈長大以後，要說是身在網中也不為過啊……」

說到這，爺爺笑嘆了一下，提起茶壺開始分茶。而我的整張臉皺成了一團，像是吃到了苦瓜。

「小慈不想被網起來……」我悶悶地說，大力的咬下一口桂花糕。身在網中這樣的形容，讓我覺得自己活像個被蜘蛛逮到的獵物，隨時會被吞吃入腹。

「沒有人想被網起來，不過，很多時候都是身不由己，而更多時候是自己跳下去的。」爺爺邊說，邊拿起一個茶杯起來聞香，茶香瀰漫，「小慈啊，你要成為一個可以撐得起那些網的人喔，扯了網拉了線，就要負責到底，撒手不管可是不行的。」

「……真的不能不拉嗎……」我苦著臉，看著自己那一雙孩子特有的白嫩小手，上頭還沾著桂花糕的渣渣。

孩子總是怕麻煩，加上被網起來的感覺實在可怕，所以小小的我滿腦子只想著怎麼避開爺爺口中的「網」，完全沒有想到負責任之類的詞。

爺爺放下茶杯，神情凝重地看著我。

「可能的話，其實爺爺也希望小慈可以避開那些。但因為家族遺傳的關係，爺爺覺得要你避開什麼的實在太困難了，所以小慈啊，你還是扛著點吧。」爺爺說，然後摸了摸我的頭。

這讓我頗為不解。

「什麼家族遺傳？」我怎麼不知道我們家有這種東西？

「呵呵，這遺傳可是經歷了時間印證的，只要是咱們家的人，絕對人人都有，一個跑不掉。小時候可能不太明顯，但等到時間長了日子久了，就會很明顯了。」

聽爺爺說得這麼神祕，我立刻好奇起來，連忙追問：「到底是什麼啊？」

「手賤。」

……

…………

「這聽起來似乎不是什麼好遺傳……」我的臉再次皺成一大團，如果說剛剛那是吃了苦瓜的表情，那現在應該是吃了黃連的。

爺爺又笑了，手底發力在我的頭上一陣亂揉。

「可別瞧不起這個遺傳，想當年要不是你爺爺我手賤地牽起了你奶奶的手，現在的小慈會在哪裡還是個未知數呢！」說著說著，爺爺將手指彎成扣，輕輕在我腦袋上敲了一記，「所以要感謝這個遺傳，知道嗎？」

「……喔……」我有些不情願的點了頭，沒辦法，爸爸有交代，爺爺說的話都是對的。而且那些話聽起來也沒有太大的錯，所以實際上應該也是對的。

看著我那皺得亂七八糟的臉，爺爺將一杯茶放到了我的桌前。

「細心些，多看看周遭吧，」他說，輕抿了一口茶，目光看向窗外，「小慈的未來可是很多彩多姿的，雖然蘊藏著這樣那樣的危險，但燦爛的背後總是要付出些代價的不是？呵呵，可能的話真想陪著走上一段，可惜歲月不饒人哪……」

「爺爺？」小心地捧著冒著熱氣的茶，我不太懂爺爺這段突如其來的感慨跟惋惜，「你說的太難了，小慈聽不明白……」

「沒事沒事，你以後就會明白了。」爺爺笑著說，一邊喝著茶一邊看著我努力朝杯子吹氣企圖把茶吹涼的模樣，嘴巴猶豫地囁嚅了一陣，最後才像是決定了什麼似的開口道：

「小慈啊。」

「嗯？」我抬頭，看著爺爺將茶杯給放下。

「爺爺有很多朋友，你雖然不認識他們，但他們卻都知道你。」茶杯在桌上輕輕地咯了一聲，爺爺定定地看著我，「等你長大以後，要是真遇上了什麼無法解決的困難，那麼，爺爺的這些朋友也許會帶給你一些幫助。但是小慈，無論是他們主動幫助你，還是你自己跑去找他們，你都要牢牢記住一點——」

爺爺的話頓了頓，語氣無比認真。

「自己的事，最終，仍需要靠自己去解決，你可以獲取幫助，但卻不能依賴那些幫助。」說著說著，爺爺拿出了一個空杯擺在中央，「假設這個空杯就是你的麻煩，而有人幫你把它填了，」他將手中還沒開始喝的茶倒了一半過去，「像這樣，看起來你的問題似乎是解決了，但實際上，只是一種延緩而已。」

「杯子還是沒滿，而等著你去填的地方卻變多了。」

說到這，爺爺停了下來不再多說，像是要給我思考空間似的，自顧自的替自己重新倒了一杯茶後，就坐在那裡邊喝邊欣賞著我那糾結困惑的臉。

我先是看了看那兩杯半滿的茶，再低頭看著自己手中的茶杯，也不知道那時的我是怎麼想的，孩子的思考模式總是比較天馬行空，只見我突然一鼓作氣地將手中的茶全部喝下去，然後吐著稍稍被燙著的舌，將空杯放到桌子中間，接著拿起那兩杯半滿的茶，將裡頭的茶水通通倒進自己的空杯裡。

倒完之後，我將那兩個空杯倒扣。做完這些，我抬起頭，一雙晶亮的眼直直地看向因為我的作為而顯得有些呆愣的爺爺。在那股呆愣的視線下，我又是一大口地將杯中的茶水給喝了下去，然後裝作很有氣勢地將空杯喀地一聲放下去。

麻煩什麼的，既然躲不掉的話，那就來吧，無論是什麼，我都把它當作這杯茶一樣，通通喝掉！

爺爺先是沉默了一陣，接著就發出了中氣十足的大笑，顧不得喝茶，伸手過來再次把我的頭髮揉得亂七八糟。

那天晚上的爺爺心情特別好，破例讓我帶了很多很多的桂花糕回家。

在爺爺離去之後，我漸漸地忘了那杯茶的茶香，也慢慢想不起爺爺所做的桂花糕究竟是什麼味道，但有一件事我至今仍然記得。

那就是當年我盯著茶杯時，茶水上所映著的我的臉。

和著鼻間的淡淡茶香，那是我第一次品嘗到責任的味道。

「小慈啊，你選擇了一條最直接、最簡單……卻也最困難的路呢……」

回家的時候，牽著我的爺爺這麼說。

晚風徐徐吹過。

青燈・之一　信

人言為信，其欠為欺
信者，始於人言，而終於欺

很多人都看過小說，我也看了不少。

在許多小說裡頭，不管本來看上去再怎麼普通的主角，都一定會有著獨步天下的運氣、牛逼無比的霸氣跟捨我其誰的女人緣，頂著這三個人見人羨、花見花倒貼的光環，主角就此展開了他那既驚險又刺激偶爾還會有豔遇飛來的冒險之旅，然後在轟轟烈烈下迎接 The End。

課堂中，我目光呆滯的看著講臺方向投影的教學ＰＰＴ，教授很認真的在講解，但我半個字都沒聽進去……好吧，其實是我聽不懂，功課落下太多還沒補回來，這讓我整個人就像隻正在聽雷的鴨，除了茫然還是茫然。

人在茫然的時候就會想東想西，所以剛才那些關於小說的論點才會莫名其妙地從我腦袋瓜中跳出來。從某種角度來說，我現在遇到的各種經歷也挺小說的，除了「主角弱爆了」這點之外，其他的部分整理起來，儼然就是一部都市靈異文。

「……啊啊，真想要一個外掛啊。」下課鐘響，我頹然趴到了桌上，有些沒頭沒腦的說出了整整神遊了一堂課之後得出的感慨。不求見神殺神遇魔殺魔，至少讓我能順利過活啊……

我的聲音不大，但這句話還是被坐我隔壁的阿祥聽到了，只見他一臉認真的把我從桌上揪起來。

「外掛是削減遊戲壽命的最大凶手，安慈，其他人想怎樣我管不著，但作為我室友的你絕對不可以變成瓜農！」他說，語氣之凝重前所未有，但是……

……誰在跟你瓜農了？此外掛非彼歪瓜啊大哥！

「我說的不是遊戲啦。」一把拍開阿祥揪著我的手，我重新趴回桌子上，沒有解釋的打算。

「不是遊戲？」聽到我這麼說，阿祥先是挑了挑眉，視線從我桌上的講義掃過。發現我的講義上一片空白後，也不知道他的腦子接錯了哪條線，只見他立馬用更大更驚恐的力道再次將我揪起來，緊張萬分地在我耳邊小聲勸誡：

「安慈，你千萬不能做傻事！作弊被抓是要被記過的！弄個不好那科還會直接當掉！現在距離考試還有一段時間，努力奮發一下仍然大有可為啊！」

……誰在跟你作弊？我什麼時候說我要作弊了？

我雙眼無神的看著阿祥，完全無法理解這傢伙的思考路徑為何可以如此跳脫。同時因為被迫直接盯著這個二貨的臉，我的腦子又免不了地想起早上那場怪異的夢，這讓我越發惱火起來，或者，要說焦躁也不為過。

老子正為了自家生命安全在奮鬥，還要擔心你這小子會不會被牽拖進來，而你卻在那邊用不知道少了幾根螺絲的腦袋來折磨我的纖細神經？這樣對嗎？這世上還有沒有天理了啊？

「少在那裡亂說，我還不至於淪落到那種地步，你還是多擔心你自己吧！每次期中都考倒數的傢伙。」我沒好氣的拍掉阿祥的手，順便慎重地提醒某人有關他每次期中考都搞出一片滿江紅的成績有多麼飄搖不靠譜。

聽到這句提醒，某人不見沮喪，反而頗為得意的昂起了下巴。

「那有啥，就算每科都不及格，本大爺照樣能在期末的時候全救回來！我可是傳說中的五九九五郎啊！」阿祥十分得意地說道，以這種期中考五九、期末考九五的分數為榮。

五九九五郎，這就是阿祥在系上廣為人知的名號，是經歷了一整個大一的考試後由全系認可的頭銜，僅此一家別無分號，到了大二的現在，甚至有擴散到全校的趨勢。聽著好像很響亮，但實際上並不怎麼光彩，至少各科教授們對此都是恨得牙癢癢。

你說，一個明明有能力考到接近滿分的傢伙，怎麼偏偏就要落個不及格給你看？一次兩次也就罷了，問題是他每次都這樣，還一分不多、一分不少的恰恰卡那裡……看著阿祥那一臉得意樣，再想到現在我們才大二，往後還有大三、大四那麼多個的期中期末，我不得不替系上老師們的心血管系統感到憂心。

這讓阿祥成了某種意義上的名人，而作為他的孽緣室友，一直以來信奉低調主義的我也因此進入了同學們的視線，躲都躲不開。

想到自己從長久以來的低調主義就此一去不復返，再想到某人那宛如銅牆鐵壁的五九九五得分線，相比自己那性命堪慮外加大學生涯也堪慮的情境……我一邊在心底吶喊著天道不公，一邊忍不住又瞪了幾眼過去。

「幹嘛那樣看我，暗戀我喔？先說，本大爺性向正常無特殊癖好。」

「滾！」咬著牙，我冷冷地擠出一個字作為回應。

第四節課的上課鐘很快地響起，十分鐘的下課時間給人的感覺總是短暫的，班上的同學很快地回籠，講師也重新上麥，開始了第四節的講課。而我呢，則是挺直了腰桿，目不斜視地進入了又一次的神遊。

在我神遊的同時，紙妖很盡責的在幫我做筆記，當然，是用特製的妖怪隱形墨水，不然要是被人看到我的講義會自動顯字，那可不是變魔術三個字就能輕鬆帶過的了。這也是阿祥剛才誤以為我的講義是一片空白的原因，因為他看不到這種特殊墨水。

看不到。

就在心裡認定阿祥看不見這些字的時候，一個奇異的念頭突然竄了上來，這讓我忍不住對隔壁一樣在神遊的阿祥同學投去幾分探究的視線。

阿祥這傢伙，真的看不到嗎？

不知為何，回想起認識阿祥之後的種種加上早上的夢，我莫名地有了這樣的疑惑。雖然這小子是個堅定的無鬼神論者，但同時他也有著一身專門吸引「另一側存在」的超強磁鐵體質。想當初紙妖就是被他從圖書館給吸回來的，而在紙妖之前還有各式各樣數不清道不明的例子。

既然有這種超強體質在身，經過了這麼多年的積累，阿祥肯定是經歷過數不清的無法用科學解釋的事情了。哪怕神經再大條，就算他的反射弧真的長到堪比雷龍讓他完全沒發現好了，他身邊親近的人總會發現有哪裡不對勁吧？

但是阿祥卻作為一個絕對的無鬼神論者長大了，這說明了什麼？

一、他們全家的神經都很大條，一家子的反射弧連結起來後，長度搞不好可以繞地球一周，因此家裡沒人發現這種異常。

二、知道了，但是刻意隱瞞，並且從小灌輸各式各樣的科學論調，好讓阿祥這二貨漸漸成為堅定的無鬼神論信徒。

第一種說法雖然很扯，但只要想到阿祥的個性習慣，依據「環境造就一個人」這句至理名言去深入思考的話，就會覺得這種假設也不無可能；至於第二種那就有些微妙了，任何事情都要有個動機，如果真是這種刻意隱瞞的話，那動機是什麼？

保護？真要保護的話應該是想辦法搞定這種磁鐵效應，比方像班代她家，班代現在那雙時靈時不靈的陰陽眼應該就是家裡努力奮鬥過後的成果，雖然差強人意，但至少人家努力過了不是？之前還說可以推薦給我幾個好師傅，試試看能不能處理我的「特殊體質」呢。

反觀阿祥，一看就知道是完全沒經過處理的原裝貨，沒處理就算了，還成天在外面引怪，我從大一開始跟他同寢到現在，已經不知道打發掉幾波被吸過來的妖道了，簡直煩不勝煩……是說為啥他吸過來的怪卻是我要去打發？為啥我現在必須在這裡擔心受怕，而他卻能在那邊保持一副傻樣？

天道不公啊！

再次於心頭暗恨，我忍不住又橫了隔壁那位正在進行各種自我昇華的白目一眼。

這節課就在我的滿心恨意外加各種扭曲不平衡之下結束了，下課的時候阿祥還很困惑地看著我那明顯糾結成一團的表情，一手伸過來搭上了我的額頭。

「安慈你是怎麼啦？」將桌上的東西胡亂扔進背包後，他摸著我的額頭認真的感受了一下，「奇怪，沒發燒啊，臉色怎麼這麼難看？」

你才發燒，你全家都發燒。

「只是昨天沒睡好而已，大熱天的發什麼燒啊？」沒好氣的拍掉那隻手，我飛快的將東西收好之後揹起包包走人。第四節下課就是放飯的時間，所以我走出教室之後很自然地問了：「等下要吃什麼？」

「隨便，你挑吧。」

「那就……」

就在我思考著該挑什麼當中餐時，班代從我們身邊經過了，看到我，她很友好的對我點點頭打了個招呼，接著就在阿祥目瞪口呆、其他同學頻頻側目的情況下開口了。

「要去吃飯了嗎？」她說，嘴邊是善意的微笑。

我受寵若驚，連忙點頭回應：「對、對啊……還在想要吃什麼……」

「嗯，那我先走了，下午課堂上見。」

「好，課堂上見。」

我又陷入了跟昨晚一樣的飄飄然，在跟班代禮貌性的揮了揮手後，就一臉傻樣地目送她跟班上其他女生離開。

耳邊先是一陣詭異的寂靜，接著就是由各種竊竊私語造成的嗡嗡聲傳出。而我立刻警覺到狀況不對，直覺告訴我要是繼續杵在原地的話，很快就會發生什麼可怕的事情，比方說圍堵跟批鬥大會之類的。

為了避免這樣的悲劇發生，我當機立斷地扯了阿祥轉身閃人。當然，我是朝著另一個比較遠的樓梯口跑的，畢竟眼下的情況並不允許我往班代走的那個樓梯衝，不然之後搞不好連我其實是衝去邀請班代一起午餐的傳言都會跑出來。

只是跑得了和尚跑不了廟，閃過了大的躲不過小的，我是避開了眾人批鬥沒錯，卻避不開被我扯著一起走的傢伙。

看著阿祥那閃亮又好奇的大眼，我頭好痛。

「停下你腦袋瓜裡各種不切實際的妄想跟腦補，班代剛才只是做了一個同學之間友善的招呼而已，很正常，沒什麼大不了的。」堵在樓梯口是不明智的行為，我一邊說一邊把阿祥拉走，朝學校的東側門出口邁進。

我們學校如果要說哪裡可以找吃的，除了學校餐廳跟附設醫院的美食地下街之外，就是校外的便當街跟各種小吃簡餐，而東側門就是前往覓食的最優路徑。阿祥在被我拉著走的同時嘴巴上也沒閒著的不斷嘮叨：

「可是之前班代明明就把你當空氣啊！這前後態度差太多了吧？昨天晚上你真沒告白？沒告白的話怎麼會突然有這種火箭般的進展？你可別騙我，剛剛好幾雙眼睛都看見了！班代還對你笑耶！還有……（以下省略五百字）……速速從實招來！坦白從寬啊！」

「我、我昨晚不是說了嗎？就是問一些女孩子會喜歡什麼東西……」不得已，我只好再把念慈妹妹的設定推出來。

「少來！一定不只這些！」阿祥一秒就把他昨晚還異常相信的理由給打飛，「肯定還說了些別的！老實交代啊，不然我等一下就去號召其他人來玩真心話大冒險！」

在阿祥緊迫的砲彈式追問加逼迫下，我只能勉為其難地擠出一段不算騙人的說詞，「我昨晚只是說了最近很倒楣很像卡到陰，所以班代就好心的想提供幾間很靈驗的廟給我去拜，就這樣而已，真的。」

這段話雖然講得很籠統也沒提到重點，但整體看來並沒有說謊的成分，就算阿祥真的跑去求證也不會露餡，相信班代會認同這種說詞的。而對於這樣的解釋，阿祥自然是抱持著強烈的質疑跟不信，臉上還帶了點覺得自己被敷衍的哀傷，但我能說的就是這麼多，他裝可憐也沒用。

因為沒能從我嘴巴裡撬出更多的訊息，阿祥的臉色一直都很糾結，直到我們找好了店家開始解決午餐的時候才稍微好一點，「沒想到你居然會用卡到陰這種理由去跟班代拉近關係，」飯吃到一半，阿祥突然蹦出了這麼一句，「真是太出乎我意料了。」身為一個無鬼神論者，他的把妹手冊裡頭完全沒有靈異類項目。

聽見阿祥這麼說，我莫名的有些心頭火起——拜託，老子這一年多來幫你收拾了多少破事打發了多少妖鬼，現在難得口吐真言了卻被當成在把妹？

「如果那不是理由呢？」

「啥？」

「我說，萬一我是真的卡到陰呢？」我說，下意識地瞥了一眼正躺在一旁偽裝成餐巾紙的紙妖，「班代好歹還會推薦我一些方案，你這個號稱換帖的室友卻只會以為我在把妹……我看啊，就算哪天我真的被鬼抓走了，你也只會以為我離家出走去探索新人生吧？」

說完，我沒好氣的用力插起一塊豬排，狠狠送進口中大嚼特嚼。

阿祥沉默了一下，接著非常認真的看著我：「你放心，如果你哪天真的不見了，我一定會去找你的。」

……靠，「這種超不吉利的話也只有你才說得出來……」交友不慎，真的是交友不慎啊，我感慨的想著。而當時心情不佳的我並沒有發現，在阿祥說完這句話的同時，附近的空氣有那麼一瞬間停滯了一下，就像被不知名的力量拉扯過。

「是你先那樣假設的耶，」阿祥替自己抱屈，接著更加認真的看著我，「安慈啊，你覺得自己卡到陰怎麼不早點說呢？其實我也是可以幫忙想點辦法出出主意的。」

喔？「你不是不信這套嗎？」轉性了？

「這個嘛，我覺得卡到陰這種事情它就是一種感覺，一種被什麼給壓迫的感覺，這可能是周遭環境在無形中帶給你的壓力所造成的。所以啊我這裡有幾個推薦，其實心理醫生還有學生輔導室都是很不錯的選擇，當然我個人更推薦後者，最近輔導室那邊來了個年輕的實習老師，你真的應該去看看，大姐姐型外加治癒系屬性，超正點的！」

我無語了三秒，果然不該對這種三句話不離把妹的傢伙抱有期待啊。

「我不需要心理醫生，也用不著去輔導室。」有些冷硬的說，我暫時停下了進食的動作，「阿祥，從以前到現在我都沒問過你，但我現在真的很想知道，這世界上無法用科學解釋的事情多了去，你為什麼不信呢？」

「呃……因為那不科學？」阿祥有些小心的回答。

什麼爛答案，簡直跟因為不信所以不信差不多，「換個問法，你們家對這種事情全都不相信的嗎？」

「這倒沒有，至少我爸媽都很信這套，小的時候還常帶著我去灌什麼符水還香灰的，噁心死了。」他撇撇嘴，身體不由自主地抖了抖，像是想到什麼不好的事情一樣，滿臉不屑，「那種加了灰的水最好是會有用啦，要是有用的話這世界還要醫生幹嘛？生病了大家都去吃土就好了……」

聽到他這麼說，我又是一陣無語。

敢情我之前猜的那兩種可能都不對，現在這情況很可能是隱藏版的第三種：阿祥家的人對這套十分相信，而阿祥身邊的事情也讓他們很緊張很想要做點什麼來緩解，只是一家子採取的方式有些過激，結果就這樣把這傢伙大力的往無鬼神論者那邊推去，並且從此對這類事情嗤之以鼻……

總結來說，阿祥這小子叛逆了。

現在我到底該慶幸阿祥他們一家沒有我想像中的那麼神經大條，還是該慶幸所謂的隱瞞灌輸陰謀論並不存在？

看著眼前重新開始奮鬥中餐的室友，我搖頭嘆了口氣。

「好吧，我大概知道你會這麼排斥的理由了，不過，這裡還是要真心勸告你一句：有些時候寧可信其有，不可信其無，太鐵齒不是什麼好事。」

我語重心長的說，也算是給阿祥一點警訊了。畢竟我跟他再怎麼孽緣，了不起就是大學四年期間會住一起而已，之後畢業了不管是要出社會還是去當兵還是去考研究所，總之是要分開的。到時如果阿祥還是這副德性，要是哪天遇到那種惡意滿滿的傢伙……

他至少要有自保的意識才行啊。

彷佛將我語氣裡的擔心聽進去了，阿祥的筷子稍微停了一下，臉色裡有著猶豫跟糾結，最後，可能是看在我跟他同寢了一年多又從來沒強迫他喝符灰水的分上，阿祥勉為其難的點頭了。

「……知道了啦……反正稍微信一下也不會少塊肉……」他嘀咕著說道，後面那句話幾乎是含在嘴巴裡，要不是他就坐在我正對面，我可能一個字都聽不見。

聽到阿祥鬆口，我也稍微鬆了口氣，這樣應該算是個好的開始吧？仔細想想，阿祥這傢伙都鐵齒那麼久了，突然要他信這信那的也未免太強人所難了，所以就順其自然慢慢來，總有一天能讓他改觀的。

我這麼想著，心底琢磨著是不是該把今早我也夢到那場夢的事情跟阿祥說，可才剛嚴肅地要阿祥不要太鐵齒，轉頭就說這個的話感覺會不會很假？以阿祥這小子的個性大概會覺得我是在唬爛他吧。

而且那場夢究竟有什麼意義我現在也不太清楚，最關鍵的就是不知道那夢的根源是阿祥的還是我的。以夢境給人的感覺來說，那應該是阿祥的夢，而我則是連帶被扯進去而已；可是在睡回籠覺的時候我卻又單獨夢到了狐狸，如果那真的是阿祥的夢境，那麼我後來夢到的狐狸又該怎麼解釋呢？

就在我思考著那場夢境的問題，有些心不在焉的拿起筷子插向第二塊豬排時，阿祥吞下了口中的食物，正經又好奇的看了過來。

「安慈啊。」

「嗯？」

「所以實際上的卡到陰到底是怎麼樣的啊？」他拿起一旁的飲料大力吸了幾口，接著習慣性的咬起吸管來，「雖然你要我寧可信其有，但是我從來沒這麼不科學過，也不明白那是怎麼一回事……這樣要是我哪天真的遇上了自己卻不知道，不是虧大了嗎？」

他說得很認真，而我的目光忍不住再次看向桌上那張正企圖以每秒三厘米的速度爬到桌子邊緣的餐巾紙。

「你確定……你沒遇到過？」

「當然確定啊，看到我這身鬼神不侵兼惡靈退散的氣場沒有？那種不科學的事情怎麼可能找上我？」說完，阿祥將那張還在努力秒速三厘米移動的餐巾紙拿起來擦嘴，擦完之後就隨手揉成一團扔到邊邊。

我沉默的盯著那個被丟棄的紙團，皺巴巴的紙上隱約浮現了各式各樣的咒罵跟委屈。

……阿祥，其實你不只遇到過，而且剛才還把那個「不科學的」拿起來擦嘴巴……

我默默吐槽著，替紙妖默哀三秒後，為了避免某張紙會不顧場合的當場滴水，我第一時間抽了張乾淨的餐巾紙放到手邊好讓紙妖轉移。至於它轉移過來之後發表的那堆義憤填膺的抗議，一概無視處理。誰叫你沒事要偽裝成餐巾紙，活該。

打發了紙妖之後，我就跟阿祥聊起「何謂卡到陰」這種聽起來非常神棍的話題，當然，我並沒有對他那自傲的「鬼神不侵惡靈退散」氣場進行點評，畢竟真要說起來，阿祥的狀況應該是完全反過來的異界強力吸引機，只是他個人沒自覺而已……

午餐時間很快就結束，吃完之後我跟阿祥結帳走人，中午巔峰時刻，吃完了還占著位置聊天其實不是很道德。走出店家之後我低頭看了看手錶，接下來一直要到第七八節才有課，這中間還有一段不小的時間，可不能浪費了。

「阿祥。」

「幹嘛？」

「你知不知道哪裡有賣好吃的茶點？或者說，小點心？」我對這類東西沒怎麼研究，只好尋求支援了。

「茶點？點心？你剛點的是大份的豬排飯耶，這樣還沒吃飽？」阿祥有些震驚的看了下我的肚子，接著發表了有些嫉妒的感言：「怎麼吃都吃不胖的人真好，安慈，有時候我真的很羨慕你。」

我才羨慕你好嗎，以另一種角度來說，阿祥大大你真的很讓人羨慕啊。

「不是我要吃的啦，我是要拿來當伴手禮，要送人的，所以麻煩推薦好一點的，距離遠也沒關係，我可以借車去買。」既然是要買給牧花者的那當然不能馬虎，我很認真的對阿祥說道，然後就看到他擠眉弄眼的怪表情，「你幹嘛？」

「什麼都別說了，我懂的，唉唷～真是不能小看你了，居然已經開始動用禮物攻勢了，不錯不錯，孺子可教也啊！」他大力的拍了拍我的肩，接著就掏出手機開始翻找，指頭在螢幕上滑動得叫一個飛快，「這樣的話我推薦你一個包裝超可愛的店，只要是女孩子就絕對無法抵抗——」

「——給我等一下！」我迅速掐斷阿祥的話，「你誤會了！我不是要給、給……總之不是你想的那樣，我是要買給一位長輩的，不需要太可愛的包裝！」緊張的澄清，我在說話的同時正好看到阿祥的手機畫面出現了一張粉色系超可愛的包裝禮盒圖樣，看到的瞬間我整個惡寒。

我的媽啊，我完全不敢想像自己帶著這種小禮盒跑去找牧花者的樣子，那樣的包裝光是拿在手上我就覺得需要一定的勇氣了，而且要是被牧花者以為我喜歡這種粉嫩水亮連緞帶都要打上蕾絲水鑽的風格……我身為一個男子漢的臉該往哪擺？

「咦？你不是要送班代啊？」

「不是！」你哪隻耳朵聽到我要送班代了?!「只要幫我推薦一個好吃的、包裝簡單大方的就好，我要送的那位長輩幫了我很大的忙，我這算是謝禮，要慎重一點的，懂？」

「什麼嘛，真沒勁……」聽到我的解釋，阿祥在手機畫面上滑動的指頭立刻慢了下來，明顯失去了剛才的積極，「你那位長輩年紀多大？」

「年紀……」我愣了一下，這個還真不好說，大概連牧花者自己都不知道吧？不過，

「你問這幹嘛？」

「看年紀挑東西啊，如果是那種真的上了歲數牙齒不太好的，就不能挑還需要咬的東西，也不能挑那種可能會噎到或是不好吞嚥的，那種食物對老人家來說很危險呢！」他異常嚴肅的說，而我則是尷尬了下。

怎麼說呢，雖然阿祥這小子很白目，但不可否認的是，這位白目在某些方面真的比我細心很多，至少我就從來沒注意到點心跟年齡之間能有什麼關連，只知道挑好吃的。

「那位長輩的年紀……」很大，大到你無法想像的程度，不過這樣要怎麼跟阿祥說明？我暗自腹誹了一陣後，決定還是照著外表年齡來，簡單方便又直觀，重點是我相信牧花者的牙齒喉嚨什麼的一定都很健康，不會有什麼咬不動的問題，「算是叔……不對，算是大哥吧……」

我將本來要說出口的叔叔兩字吞回去，沒辦法，牧花者那風華絕代的模樣讓我喊不出叔叔伯伯這種字眼，那樣的稱謂跟他實在太不搭了。

聽到我的改口，阿祥有些訝異，「是大哥？我還以為是爺爺輩的呢，對方這麼年輕啊？」

「呵呵，」我乾笑的扯了扯嘴角，「是啊，挺年輕的……」如果只看外表的話，牧花者真的很年輕，我這樣也不算說謊……

沒有注意到我的心虛，阿祥一邊點頭一邊擺弄著手機，而就在我們回到宿舍的時候，他將手機遞了過來：「喏，考慮到要好吃還可以外帶，再根據你的預算跟可接受的距離範圍等等五四三……大概就這家吧。」

「謝啦，我會多帶一份回來給你的，」接過手機，我認真的研究了阿祥的推薦，「在巨蛋那邊啊？」很好，目標明確，這下不用查地圖了。

「嗯，需要車鑰匙嗎？」

「不用，我搭捷運。」這樣回程可以直接走鏡通道，要是騎車過去的話最後還得再騎回來，太麻煩了。把阿祥給的資訊給記下來之後，我將手機還給他，「好，那我走啦。」我說，轉頭就開始收拾要帶去彼岸看的書，主要是七八節課要上的東西，為了避免再次出現剛剛上課時有聽沒有懂的窘境，我得先做好準備。

「啥？」阿祥明顯嚇了一跳，「你現在就去買？」

「對啊，打鐵趁熱嘛。」主要是我等下就要扛著課本跑去打擾人家了，怎麼也要把說好的禮物給準備好才行，不然真的太不好意思了。

阿祥遲疑的看著我的動作。

「你該不會要蹺課吧？」他提醒著，「下午要交報告，還有抽考耶。」

……靠，我差點忘了還有抽考這回事，我無語的瞪著手上的書，看來去彼岸抱佛腳果然是必須的。

「放心，不會去很久的，」以彼岸時光屋的時間來算，我就算去那邊晃上十天半個月再回來，也不會錯過在七八節的課，「我很快就回來了，等等你要印報告的時候順便幫我印一下，檔案我放在桌面上。」

「很快就回來？那個長輩……我是說大哥，他就住在這附近嗎？」阿祥很好奇的看了過來，「從來沒聽你說過家裡還有這麼一個人呢，上次你妹的事情也是，安慈啊，你這樣真是太見外了，也不會想著幫我引見一下。」

「引見？你想見他？」

「想！」阿祥用力點頭，「很少見到有人能讓你這麼上心，居然還特地買禮物過去，打從認識你以來這是第一次啊……怎麼樣？不然這次帶我一起過去？我也可以買點什麼當伴手，不會讓你尷尬的！」

阿祥說得很誠心，而我的表情有點精彩。姑且不論要怎麼樣才能把阿祥帶過去，光是想像他出現在花海跟牧花者面對面，我就覺得那畫面夠嗆，所以我很老實地說了：「阿祥，相信我，這不是什麼好主意。」

「怎麼？你那位大哥很排外嗎？討厭陌生人？」

「這倒不是，他修養很好脾氣也很好，基本上不會排斥客人，甚至可以說很歡迎，只是他住的地方有點……」欲言又止，我一時半刻想不到該怎麼解釋，只能回給阿祥一個充滿了糾結跟尷尬的表情。

「不方便？」阿祥很貼心的接過話，讓我不住點頭。

「嗯，是不太方便……」除了不方便之外，還有很多難以啟齒的問題，包括技術性跟非技術性的。

而就在我想著該怎麼樣才能更進一步解釋，卻又不會嚇到人的時候，阿祥表示他「悟」了。我不知道他是悟到了什麼鬼，總之他突然用一種「我懂我懂你什麼都不必說了」的神情望過來，語氣裡充滿著令人無法理解的愧疚。
「現在醫學很發達，科技在進步時代在進步，所以只要活著就有希望！相信明天！相信未來吧！」他再次大力的拍著我的肩膀，莫名其妙的情緒高昂，接著就從自己抽屜裡挑了一張寫了祝福語的學伴卡遞給我：「請幫我拿給他，這是我最誠摯的祝福！」
「這……我想你可能誤會了什麼——」
「——不用再說了，我懂的！」阿祥用力點頭，眼角隱約有著可疑的淚光……
那個，你到底懂了啥？
錯愕之下，我異常被動地接過了那張學伴卡，看著阿祥那激動的臉，這一刻，我突然很想見見阿祥的父母。
因為我真的很想知道，到底是怎樣的父母跟家庭環境，才能造就出阿祥這麼個奇葩……
「阿祥，腦補過度是種病。」
「噢?你怎麼突然有這種感慨?」激動完畢，他不解地看著我，歪頭想了想後兀自笑開，「但我覺得啊，有補總比破洞好，你說是吧?」
「……」
這貨真的沒救了。
我這麼想著，目光移向天花板，深深地嘆了口氣。
雖然很想替牧花者澄清，比方說他絕對沒有身懷絕症或是任何精神上的疾病，但我最後還是什麼都沒能解釋清楚的拿著那張學伴卡出門了。

有人可能覺得只要隨便編一個藉口就行，反正阿祥不知道真相，遠在彼岸的牧花者也不會知道，但那是一種心情上的問題，我不想在牧花者背後說一些跟事實不符的東西，哪怕是善意的謊言。

所以我只是悶悶的再次重申：「你真的誤會了，不是你想的那樣。」然後揹著包包出門，留阿祥一個人在寢室裡慢慢琢磨。

『其實，祥爺是個好人。』

在我前往捷運站的途中，一張透明的玻璃紙不知從哪冒了出來，上頭的字跡因為視線會穿過去看到各種景物的關係，我花了不少功夫才看清。

「沒事幹嘛用這種紙顯字啊？看起來很不方便耶。」我忍不住抱怨道，而紙妖則是委屈的皺了一下。

『小生還沒開發出隱形紙張，只好先找這個代替，還以為您會誇獎人家一下呢……』紙妖寫道，而我很辛苦的才將這串字給看全。

「不要去研究那種奇怪的東西，」我可不希望我未來的視野裡會充滿奇怪的隱形紙，「不過，沒想到你對阿祥的評價這麼好。」

『因為祥爺的確是好人呀，』紙妖挺了挺，迎著太陽刻意喬了個角度之後，紙面上冒出了閃亮的反光，『小生向來只寫實話的，小生是張**好紙**。』得意，好紙那兩個字還特別放大加粗兼底線效果，只差沒框邊。

其實紙妖也是自戀的。

「你忘了他剛才還拿你擦嘴巴。」我說，順手將眼前飄來飛去的玻璃紙巴下來。就算是透明的，在陽光下這張紙飄在那還是很明顯！在我吐槽完這句話後，紙妖先是空白了一陣，隨後就在我手上慢慢地把自己摺成了心形。

「……你幹嘛？」為什麼突然變成一顆愛心了？

『這是小生的玻璃心，』紙妖寫道，『然後，它碎了……』

玻璃紙在這個時候出現了做皺的效果，玻璃紙這種東西，要是光滑平整的話看起來就像一面鏡子，但要是皺得亂七八糟，那就會像被碾碎的鏡子。彷彿怕我看不出它很「破碎」的樣子，紙妖還很貼心的在每一個碎面上寫了一個碎字。

看著那滿滿的「碎」，我突然覺得眼睛有點痛，頭也有點痛。因著這股疼痛，我腦子裡的某個地方也跟著一起碎了，如果沒猜錯的話那塊地方應該叫做「理智」。

好一個玻璃心，一個用玻璃紙摺出來的心形，如此直白的呈現方式我還是第一次看到。

儘管我知道在人來人往的道路上實在不應該這麼做，但在紙妖日益強大的白目功力下，我還是忍不住了。

「我來幫你變得更碎吧。」

於是我面不改色的說，在大庭廣眾之下發洩似地將手中的心形摺紙揉爛再揉爛，直到那顆玻璃心變成一團被壓縮到極致的玻璃紙球後才停手。至於這期間身邊傳來的異樣眼光……一律當作沒看到！

基於個人的好寶寶原則，那團被我這樣那樣的玻璃紙團沒有被我隨手扔在大馬路邊，而是一直到了捷運站後才找到垃圾桶扔了進去。

維護環境，人人有責。

我在心裡這麼默念，無視紙妖在廣告看板上的各種泣訴委屈加抱怨，直接來到自動售票機買票。就在我操作著購票流程的時候，突然，一種很詭異的感覺從身後傳來，冰冷而尖銳，像是被什麼東西給盯上——

「——誰?!」

全身寒毛豎立，我立刻放下手邊的操作，用一股連我自己都懷疑會扭到脖子的力道迅速回頭，對上了一張錯愕的臉。

年紀約二十五上下，身上穿著職業套裝，臉上化著恰到好處的淡妝，是一個很普通的ＯＬ。如果以一本小說的觀點來看的話，就是個路人甲。

「請問有什麼事嗎？」路人甲小姐皺了皺眉頭，說出來的用詞是禮貌的，但是語氣並不是很好。這也是理所當然的，我想不管是誰突然被陌生人這樣回頭一瞪，心情都不會太美好。

我尷尬的收回視線。

「沒、沒什麼，抱歉……」我小心的陪禮道歉，快速轉頭回去繼續完成剩下的購票操作，同時認真地回想起剛才那種怪異的感覺。奇怪，是錯覺嗎?但是在經歷過三次生死一瞬的洗禮之後，我自認對危機感這種東西有了飛越性的體悟，應該不會搞錯才對啊……

就在我暗自困惑的時候，紙妖的字從售票機的操作流程標示上跳了出來。

『安慈公，那個女人在你身後，好像很火！』

紙妖，我現在就在你前面，而且不用好像，我是真的很火。

咬牙切齒地取走購票機掉下來的硬幣票，我惱怒地瞪了紙妖所在的操作提示一眼，才轉頭儘可能用和善的微笑對那個好像不太高興的女人點頭示意，然後？然後當然就開溜啊，難道還留著惹人厭嗎？

真是太丟臉了。

垮著肩，我挑了個比較沒人的車廂上車後，沮喪的掩面而坐，忍不住檢討起自己是不是太神經質了，居然一點風吹草動的就開始自己嚇自己，難道是因為最近這段時間的日子過得太刺激的關係？

『安慈公在沮喪什麼嗎？小生來替您分憂解勞吧！』一張衛生紙從我的包包裡飄了出來，字體跟花邊大到令人無法忽視，『對了，剛才那個女人呀，在安慈公離開之後還瞇著眼睛看了安慈公好幾眼呢，看起來超可疑的！』

是嗎？但我怎麼覺得會在我眼前做體操的衛生紙比較可疑？

『衛生紙做體操什麼的很正常呀！天天做體操有益身心健康喔，安慈公要不要一起來？』

來個鬼啦！我大怒的把衛生紙揉進手心裡，車廂裡還有其他人在耶，跳什麼體操啊？

都講這麼久了還是不會看場合嗎？

『可是可是……小生以為事有輕重緩急呀，跟引人側目相比，安慈公的安全自然是要擺在前面的，任何對您有威脅的人，小生都要第一時間揪出來報乳哩災！（譯：報給你知）』紙妖從我手裡鑽出來寫道，順帶一提，括號裡的翻譯是紙妖自己寫上去的。

繼新注音輸入法之後，紙妖再次開發了臺語技能，再這樣進化下去的話，距離「耐斯禿密糾」這種詭異東西的出現應該不遠了……噢，不要問我什麼是耐斯禿密糾，知之為知之，不知的話還是維持不知吧，那樣對腦細胞比較好。

為了避免讓人以為我是個會死命瞪衛生紙的怪咖，我用最快的速度將衛生紙塞回包包，改拿出單字卡來，假裝低頭背單字的跟紙妖進行交流，或者說，糾正。而就在我跟紙妖之間的筆談已經「熱烈」到我想拿筆戳爛單字卡的時候，耳邊響起了高跟鞋踏地的聲音，我下意識的抬頭，又看到了那個讓我尷尬不已的ＯＬ。

紙妖立刻發難：『安慈公您看！那女人居然跟過來了，果然很可疑對吧？』

可疑個屁，她剛剛排在我後面買票，本來就有百分之五十的機率會跟我們搭上同一輛捷運，不是往岡山就是往小港，有什麼好可疑的？

我重新低下頭免得又跟那女人的視線對上，順便裝出一副認真在背單字的好寶寶模樣。這個可真不好裝，因為單字卡上的花邊跟歐噴醬越來越多，如果沒有好好控制面部肌肉的話，看在別人眼中可能會覺得我這個人到底是跟英文有多苦大仇深，背個單字都能背到顏面扭曲的程度，功課壓力有這麼大嗎……

『不是啊安慈公！』紙妖灑出好幾個花字體，『小生可以感覺到她身上傳來的特殊味道！真的要當心啊！』

嗯？特殊味道？

看到這裡，我暫時放下了想拿原子筆把單字卡戳爛的想法，不動聲色地瞥了一眼那個正在跟人講電話的ＯＬ，心中的警戒線緩緩拉起。

雖然我自己是聞不到什麼東西，但是根據自己對妖道的淺薄了解，妖者身上似乎真的有某種特定的氣息可以確認身分，就像青燈第一次見到我，也是在我身上聞來聞去的，所以紙妖這個警告也許真的是其來有自，難道，真是我大意了？

什麼特殊的味道？於是，我在心裡問。

『她噴了香奈兒最新款的香水！』

……

………

剛才那瞬間，覺得紙妖其實很有警覺性的我真是太天真了。所謂紙妖能靠譜，豬都能上樹，這比喻還汙辱了會爬樹的豬。

惱怒之下，我粗魯地將單字卡塞回包包深處。紙妖當然不會這麼乖乖就範，立刻跑到衛生紙上開始跟我進行大字報喊話。弄得我像個一直在抽衛生紙的重病人士一樣，在車上整個尷尬無比。

這時我只恨不得快點下車脫離車上不斷傳來的怪異視線，所以在捷運到站的時候，我馬上快手快腳的跳下車，沒有多餘心神去注意到那女人在我跳下車時投過來了意味深長的眼神。

女人踩著高跟鞋下了車，看著往手扶梯的方向小跑而去的少年背影，嘴角勾起了與她的清秀面容不太搭調的豔麗笑容。

放下耳邊根本沒有在通話狀態的手機，螢幕上，是那名少年的影像。

「左……安慈？」

她輕輕地說，話語如雲淡風輕。

青燈・之二　友

從二又，『又』字即為手
雙手相交，友也

意外地花去了不少時間買禮物，選好點心以後，在娃娃的幫忙之下，我選擇了一間衣服賣場的更衣室做掩護，拿了件衣服進去後就利用裡頭的穿衣鏡跨到鏡世界，提著大包小包來到了彼岸。

這次青燈的依附開道也很順利，不過，可能因為最近精神比較緊繃的關係，在她離開我的身體讓我脫離燈杖的情緒制約時，那股情緒回衝讓我的臉色不是很好看，腳步也有些不穩。我自己是沒發覺，在忍完那份不適後還看著自己的長髮胡思亂想了一把，但青燈看見了，她很緊張。

『安慈公？您還好嗎？可是身子有所不適？』準備好雲霧公車的青燈看著我，臉上有著憂慮。在上次攤牌之後，她就變得格外小心，不管是對別人還是對自己，就像在擔心什麼一樣，不管遇到什麼都會立刻整個人繃起來，嚴陣以待。

是因為那個「魔」的關係嗎？我暗自判斷著，要說最近值得憂心的事情，好像也只有這個了。唉，我給人的感覺有那麼不可靠嗎？居然緊張成這樣，都快成神經質了啊我說。

「青燈，我沒有那麼嬌弱，」嘆了口氣，我覺得自己得稍微開導她一下。要是讓她繼續保持這種高度緊張的狀態，不僅她累，她身邊的人也會感到很累，「不管來的是什麼，我想，總會有辦法的。」

『啊？』聞言，青燈愣了一下，『安慈公何出此言？』她懵懂的臉，其中夾雜著疑惑。

啊哩？這下換我愣住了，聽這語氣……難道我判斷錯誤？「妳不是在擔心那個『魔』嗎？」

『……魔？』青燈歪了歪頭，『這個自然也是擔心的，不過眼下奴家更在意您的身子，畢竟，奴家對於半妖之事不甚了解，如今也不能再取得安慈公的心音了，萬一安慈公身邊發生了甚麼事情而奴家無法即時知曉，又或者奴家做了什麼令您不悅之事而不自知，啊啊……著實憂也……』

……搞半天妳是在擔心這個？

我啞口無言的看著青燈，這下終於明白她這陣子為什麼會變得如此小心翼翼了，居然是因為沒有了紙妖的盜聽筆記，不能知道我在想什麼，所以才在那邊心慌慌？一直知道青燈很認真，但是這種想將一切劃到眼皮子底下，想知道別人的心聲好讓自己不會讓對方產生任何不快……這種行為思考模式已經不是「認真」兩個字就能解釋的了！

果然很需要開導！

預感到接下來可能是一串長談，我將手中裝著好幾個外帶餐盒的塑膠袋暫時放下。一路提到說完的話肯定會手痠，我可不想虐待自己。

「青燈。」

『奴家在，安慈公有何吩咐？』青燈又是一副小心翼翼的模樣。

我無語地看著一臉戒慎的青燈，心裡思考著該從哪開導起……「那個，青燈啊，我們是朋友吧？」

『咦?!』出乎我意料的，青燈大驚地退了一步，『不不，奴家沒有想過那麼大膽的事情……』誠惶誠恐。

「……」

現在不管是六個點點還十二個點點都無法表達我內心的無語了，我突然覺得開導之路迢迢，背景那個蕭瑟啊……

「青燈，妳聽我說，」這一定要糾正過來，正所謂孩子的教育不能等，妖的教育也不能等！「我不知道妖道們是怎麼樣的，但在我們人類社會呢，人與人之間發生摩擦啊、誤會啊什麼的都是很正常的，這是人際相處的一部分，就跟家常便飯一樣天天在發生。」

說到這裡，青燈老樣子的又拿出了筆記出來抄……但我都已經起了頭，抄筆記又是她的習慣，總不好打斷，只好繼續說下去。

「正是因為有這些摩擦，所以才會需要溝通跟理解，一個人是無法完全理解另一個人的，哪怕能聽到對方的心聲也一樣。因為妳只能聽到他這麼想，卻不能知道他為什麼會這麼想。」感覺上好像有些跑題，但這種時候我也只能硬著頭皮說下去：

「很多時候，人們雖然溝通了、理解了彼此的要求，卻仍然無法贊同，這時候就需要協調跟磨合，好讓事情能恰好在雙方都能接受的範圍，這就是相處之道，也是人類的終生課題。」重點來了，「而這所謂的相處絕對不是迎合，不是要妳放棄自己的想法去全力配合對方，因為妳是妳，不是誰的附庸，不需要這樣。」

「朋友是對等的存在，沒有誰比誰高尚，也沒有誰比誰卑微。」認真地注視著青燈，我慢慢地說：「所以青燈，妳不需要擔心會惹我不快，也不要害怕跟我起磨擦，有什麼想說的就大膽的說出來，能夠知道彼此的不同才能更進一步的了解，正如同妳會想知道我在想什麼一樣，青燈，我也想知道妳在想什麼……嗯，妳能明白我說這番話的意思嗎？」

『意思是說安慈公也想要青燈大姐的心音日記嗎？』一張紙從青燈身邊飄起。

紙妖，尼奏凱。

我狠狠瞪了那張紙一眼，「沒你的事，一邊去。」話音一落，那張紙便皺巴巴的飄開了，這讓我非常滿意，還算識相。

趕走那張紙之後，我看著低頭沉思的青燈，她沒說話，我也沒繼續說下去。這段時間本來就是留給她思考的，無論是多麼高明的引導說勸，最後還是得靠自己去想通，不然說再多都沒有用，只會變成筆記小本本的一串文字，存在價值跟九九乘法差不多。

我跟青燈就這樣相隔不遠的站著，時間在沉默下慢慢流逝，至於流逝了多少……我不知道，因為彼岸這邊的時間我總是抓不準，常常感覺過去了大半天，問了之後卻發現才過了一小時，又，明明只覺得過了十來分鐘，結果卻被提醒已經過去一天一夜了……

青燈跟紙妖都跟我說憑感覺就好，而我在努力又努力之後得到的結果嘛……嗯，我只能說，如果叫我在這裡泡泡麵的話，那碗麵肯定會爛掉。

站著發呆沒事做，我的腦子忍不住胡思亂想起來，而當我開始思考該如何才能在彼岸泡好一碗泡麵的時候，青燈收起了她的筆記本，深呼吸了幾口後，像是下了很大的決心般——把一雙煙袖攏到眼前，把整張臉都藏了起來。

……這是怎樣？難道開導失敗了嗎？我的心下一涼，正準備再多說些什麼的時候，青燈開口了。

『安慈公……』

「是！」

『奴家……想同安慈公做朋友……但奴家怕自己會做不好……很不安……』幾乎是一句一頓的，青燈像是邊說邊補充的道：『這樣，也可以麼……』

「當然可以！」聽見青燈的話，我大為振奮，本來還以為剛才那番開導要打水漂了呢，現在看來還是有效果的！「做朋友這種事情是不需要資格的，其實以我的觀點來說，我們早就是朋友了啊。」

『是、是這樣麼？』遲疑地，青燈那雙煙袖緩緩降了下來，露出了她明亮的大眼。

糟糕，這樣看上去真萌，有個形容古代美女的詞叫做猶抱琵琶半遮面，青燈現在這模樣頗有那個味道的，只是把琵琶換成了煙袖，真是、真是……賣萌可恥啊！

我一邊在心裡吶喊著，一邊努力鞏固青燈剛剛想通的思路。

「現在妳已經很好的踏出第一步啦，妳說妳『想』跟我做朋友，這也算是明確地說出了自己的想法，我理解了這個想法並且接受……妳看，不難嘛！」我大力的肯定，「所以之後啊，有什麼想說的話就不必藏著掖著，說出來，我們可以一起討論！」

『真的可以麼？』依舊將大半張臉藏在煙袖後，青燈只露出一雙眼睛盯著我瞧，『若是、若是惹安慈公生氣了……那該怎生是好？』

「這個……生氣也是有可能的，不過那就代表著一種摩擦，一種想法上的衝突，這樣的衝突應該要試著去解決去協調。如果一直避著悶著不去面對，就這樣偏安將就的讓那衝突一直存在下去，悶啊悶的，到後來說不定本來的小事都給悶成大事了，到那時才糟呢，妳說對不對？」

『……安慈公所言，確實有些道理……』她面色一動，這番話似乎對她觸動頗深。

畢竟她之前就是因為把祖訓的事情瞞著沒說，後面才會鬧得這麼嚴重，如果她一開始就說出來的話，那麼我在那位黑姑娘面前就絕不會毫無防備地說自己是男的，也就不會發生那命懸一線的狀況了。

「是吧是吧？」開導成功，我忍不住自我感覺良好了一把，心中一片成就感。青燈則是終於將袖子放下，重新掏出了筆記本開始振筆直書起來，途中還意猶未盡的問了好幾個問題，那種不一口氣弄懂不罷休的氣勢讓我有些汗顏，越到後頭，她的問題就越難回答。

天可憐見，我這個開導者可是半路出家的，再繼續讓她問下去就要破功啦！

「我們還是先去找牧花者吧！」為了維護自己的光輝形象，我當機立斷的說，重新提起了放地上的袋子，確認了食物的溫熱程度後，狀似無意的開口：「還好這些點心都是熱的，希望這些能合牧花者的胃口啊……」

這話一出，青燈立刻收起了還想繼續思考琢磨的心情，俐落地將雲霧牽引過來，『奴家給您帶路。』然後腳下的雲煙載著我們往琴聲處尋去。

嘖嘖。

果然不管對紙妖還是對青燈來說，牧花者這三個字都相當的具影響力，只要搬出來就能達到立竿見影的效果。也是啦，像這樣令人肅然起敬的存在，不管是誰來應該都會審慎對待的……

……

………

嗯？不對，爺爺好像是例外囧。

我汗顏地想起了這個規範外人物，從目前已知的那些輝煌事蹟來看，我完全不覺得爺爺跟牧花者之間的相處有哪裡審慎過了。而且我有理由相信這些已知部分只不過是冰山一角，爺爺背地裡肯定還藏了更多我不知道的黑歷史，單就這點而論，爺爺還真是甩開了紙妖好幾條街。

對了，爺爺當年是不是也有帶吃的來給牧花者過？如果有的話那麼以爺爺的個性，應該會留下菜單紀錄之類的東西，說不定可以從裡頭知道牧花者的喜好？

我出神地想著，腦子裡思考著之後如果回老家，一定要去爺爺的倉庫挖挖看有沒有日記還啥的，渾然不知紙妖趁著我進入深度思考的時候飄到我頭上開始搗蛋，等我回過神來，一切為時已晚。

當我意識到紙妖給我弄了個月光仙子包包頭的時候，牧花者已經在我們前方抱琴而立，淺笑吟吟。

這是我第一次痛恨雲霧公車跑這麼快。

雖然維持著包包頭很詭異，但是當著人家的面把髮型拆掉那會更詭異，所以我只能用一種打落牙齒和血吞的悲壯氣勢，硬著頭皮跟牧花者打招呼。

「您好……」

「嗯，你來了。」完全沒有對我的髮型發表意見，牧花者站在原地看著我，嘴邊依舊是那淡淡的微笑，沉靜溫雅，悠然自若，而在這份笑意當中，我窺到了一絲懷念的味道。

懷念……對我來說，跟牧花者的分別不過就是昨天的事，但對牧花者來說，沒準已經是幾十年甚至上百年前的事情了吧？看著那抹笑，我的心忍不住酸澀起來。

「對不起……」讓你久等了……我本來想這麼說的，但話才剛要出口就覺得好像不太對，畢竟我沒有跟牧花者約好要見面，只有說下次來拜訪時會順便帶點心而已。再說了，所謂的「久等」是得在對方真的有在等我的情況下才能成立的，我是哪根蔥？讓牧花者等我？

這想法也太狂妄了。

於是我一秒就將「久等」這兩字拍出腦外，倉促之下，順勢撈了個可能也需要道歉的理由，「那個，我是不是打擾到你了？」

「毋須道歉，你並沒有打擾到什麼，」一如既往的溫和回應，牧花者笑著搖頭，「孤正好要移動到下一個地方散播渡曲，不過……」他看了看我手中提著的東西，笑意加深，「既然你來了，那麼稍稍歇息片刻也是好的。」

聽見他這麼說，我眼睛一亮。

休息？牧花者居然主動提出休息?!一時之間我的心裡有數種情緒飛湧而出，有驚有喜有不安有愧疚，其中又以喜悅這個情緒占據了大宗，狠狠地壓過了對紅花的不安。這個，牧花者都彈唱那麼久了，這堆花卻連一朵都沒聽進去，那麼讓渡曲稍微暫停一下應該是沒什麼關係的吧？

就算是時時刻刻運轉的機器也需要上油、需要保養，可牧花者的字典裡似乎正巧缺少這方面的詞彙，一身沒日沒夜的姿態光是旁觀都能讓人感到陣陣心驚，而現在，他終於願意休息了！

簡直是普天同慶啊！我這麼想著，臉上的表情控制不住地笑開來。

「何事令你如此開懷？」

「喔，當然是因為你肯休息了——」我毫無防備的回答了牧花者的問題，想踩剎車的時候已經來不及了，當下心頭連連叫糟。以牧花者的角度來說，他應該更願意繼續彈奏下去才是，我居然表現得這麼開心，這樣是不是很白目？

可惡，我果然開始白目化了嗎？都是紙妖跟阿祥的錯！（牽拖）

「咳呃，我的意思是，休息是為了走更長遠的路……」脖子縮了縮，我低下頭有些不敢看牧花者的臉。慘，是不是越描越黑了？

就在我把皮繃得死緊，想著接下來該說什麼比較好轉圜的時候，耳邊傳來一陣悅耳的低笑聲，然後我的頭被輕輕地敲了一下。

「你多慮了。」牧花者笑著說。隨後只見強光一閃，當我的視線從一片白茫茫恢復過來時，人已經站在紫竹屋的門前了。

嘖嘖，瞬間移動什麼的就是狂霸酷炫跩，如果哪天我也能學會的話那該有多好，這樣在渡妖的時候就省事多了，重點是很省錢！交通費可是很貴的，就算回來的時候可以找鏡子拜託娃娃幫忙，但去程還是得靠自己，一個月裡要是多來幾次，我的娛樂費就得全搭上了。

在心底偷偷哀嘆著自己的荷包，我提著食物跟上了牧花者的腳步，那大片的紅花對我來說壓力還是挺大的，真不知道當年爺爺為什麼能在這裡泰然自若的待上N個年頭。至於N到底是多少……這點連爺爺自己也不清楚，想來牧花者也不會去記，所以只能無解了。

進入紫竹屋，牧花者先將琴掛到一旁的牆壁上，接著就很自然地挑了最裡頭的蒲團坐下。像是早有準備一般，矮桌上擺放著一套茶具，連泡茶用的水也已經備好，這樣齊全的準備讓我很是受寵若驚。

也許牧花者沒有特意在等我，但就憑這些早早準備好彷彿在等待客人到來的茶具，我知道，牧花者把我說過的話放在心上了，這真的讓人很開心。但為什麼，總覺得心底有些疼呢？

「坐，在孤的地方，大可不必拘束。」他溫和地道，將衣袖稍稍撩高，露出一雙骨節分明、修長而好看的手，開始泡茶。牧花者的動作很漂亮，不疾不徐，優雅流暢，讓人深受吸引，甚至會讓人恍惚間以為自己看的不是泡茶，而是一場絕美的舞。

小時候，爺爺跟我說泡茶是一門藝術，是一門囊括了各方各面的藝術。當年的我還太小，不明白爺爺這句話的意思；現在我好像有點懂了，同時也很後悔自己當初怎麼沒跟爺爺好好學，不然現在肯定能看出更多。

因為太懊悔了，所以我完全忽略了當年跟在爺爺身邊的我才不過丁點大，有心想學也吸收不了那麼多。

「對茶道有興趣？」可能是我看得太入神了，牧花者動作沒停，輕輕地問了一句，「以前有學過嗎？」

「欸？」回神，我慢了很多拍的發現屋子裡只有我一個人還傻站著，更傻的是我雙手還提滿了東西，這讓我尷尬不已，連忙將食物都放下，然後到牧花者對面乖乖坐好，「以前，嗯，小時候有跟著爺爺學過一點……」

我邊說，邊將袋子裡的食物拿出來。說也奇怪，這張矮桌看起來很小，但當我將食物一個個擺上去後，才知道內有玄機。

「……這桌子……」放不滿的嗎？我震驚的看著那張神奇的矮桌。

「只是一些小把戲罷了，不足道矣。」看出我的驚愕，牧花者適時地解釋道，將泡好的茶分別遞到我跟青燈的桌前，冒著熱氣的茶水散著舒心的茶香，盛裝在上好的甜白瓷杯裡。不知為何，我覺得這杯子看起來有點眼熟，嚴格說起來，其實我覺得這整套茶具組都很眼熟。

「這是左墨贈與孤的茶具，雖然不是最好的一套，卻是孤最喜歡的。」又一次，在我提問之前就解答了我的困惑，牧花者說。然後他替紙妖另外準備了一個比較大的杯子，杯裡是單純的月泉水，就在我心裡嘀咕著「那張紙又沒有嘴，用不著倒給它喝」的時候，我看到紙妖整張泡了進去……

『啊～❤』一瞬間，紙面上飛了無數愛心出來，如果不是因為杯內空間有限，我懷疑紙妖會再次將自己摺成一個愛心好來表達自己的愉悅。

大爺你是來這裡泡湯的嗎？真是太丟臉了。

我決定不要再去看紙妖，伸手摸了摸眼前那令人懷念的杯子後，開始跟牧花者介紹起桌上的各色茶點，「我不知道你喜歡什麼，所以跟大家討論過後，就決定每種都挑一些來，嗯，你試試？」

「讓你費心了。」

「不不不，你才費心呢，還特地泡茶來配。」而且我完全就是無事不登三寶殿，要不是因為期中考出現了三二危機又接到有關「魔」的消息，我可能要過好一陣子才會再度來訪……想到這，我忍不住愧疚起來，而人只要一愧疚就會想要補償點什麼，「如果你有特別喜歡的，我下次再帶來！」

「下次……是嗎？」牧花者含笑看著我，唇角的弧度美得驚人，「孤很期待。」他說，然後在瀏覽過桌上各色茶點後，伸手拈了一片炸茶菁送到嘴邊。

怎麼說呢，美人不管吃什麼都能美得像幅畫，哪怕只是普通的炸茶葉麵糊也能被牧花者吃出風情來，修長的手指捻著炸得酥黃的茶點，讓人看著都覺得很美味，而因為畫面太好看，我一直到牧花者將東西送入口中時才意識到，我忘了放筷子……

啊啊啊……

我在心底哀鳴三聲，慌慌張張地將筷子牙籤什麼的給補上。

「不、不好意思，筷子在這，然後這邊有牙籤可以叉，如果需要衛生紙的話……呃，牧花者？」就在我急著補救，努力跟青燈一起在每個小碟子旁都放上幾根牙籤時，牧花者的模樣讓我停下了手邊的動作。

他像是出了神，半垂的眼眸裡乘載著一片幽泓，沒有焦距，彷彿透過了桌面在看著某個我看不到的地方；纖長白皙的手凝滯在空中，指尖輕觸著微張的唇瓣，維持著送食物入口的姿勢，整個人透出了一種奇異的妖冶，令人無法移開目光。

我就這樣被吸了進去。

看著與往常不同的牧花者，我的腦中有很長一段時間是空白的，唯一的念頭就是想看著眼前人，直到我再也無法睜眼為止——只要他願意讓我這樣看著，哪怕要我付出所有也無所謂。

就在這個念頭成形的瞬間，胸前的玉珮猛地散出了一股冰寒的氣息，將我已經開始發熱發昏的腦袋給凍醒。一回過神，我立刻探手握住了胸前的玉，好維持住這份清醒。

就在這時，牧花者那微張的口中吐出了一聲輕嘆，嘴角像是發現了什麼有趣的事情般，隱隱勾出了誘人的弧度。這一嘆一笑之下，我跟青燈的呼吸逐漸急促，心跳也開始不受控制地加快，周遭開始籠罩在一種魅惑的氣氛下。

魅惑？

不、不對。

死命握著玉珮，我抗拒著這樣的感覺——不對，牧花者的氣質向來是清新雋朗的，即便只是端坐在旁，也能讓人忍不住想一直待在他身邊，是一種如沐春風的溫暖，絕不是像現在這樣，有如誘惑般勾起他人喘息，進而讓人一步步耽溺其中無法自拔。

那就像一張布滿著迷人香氣的網，織網的主人就算什麼也不做，獵物也會自願送上門，笑著被那網給包覆、束縛，直到萬劫不復。而最可怕的是，哪怕萬劫不復，獵物也會覺得跳入火坑的自己很幸福……

那一聲嘆息，沒人能聽得懂；

但那抹輕笑，我倒是看懂了幾分。

那是一種發現獵物的微笑，當獵物越有趣，笑意就會越深。

看著這樣的笑，玉珮變得更加冰冷了。

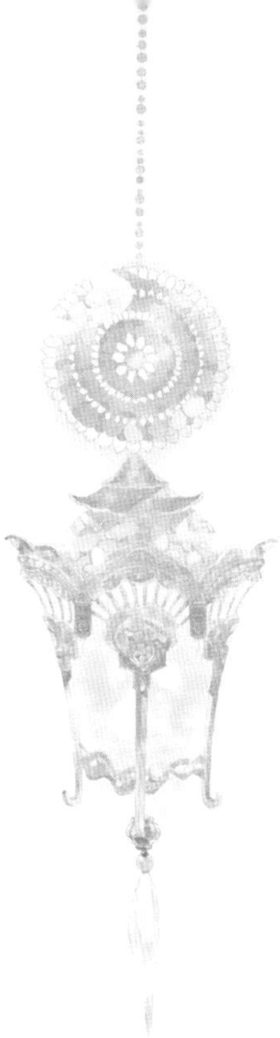

青燈・之三　魔道

似癲似狂　無羈無忌
視萬物如無物　奔馳於一切規則之外
此為　魔

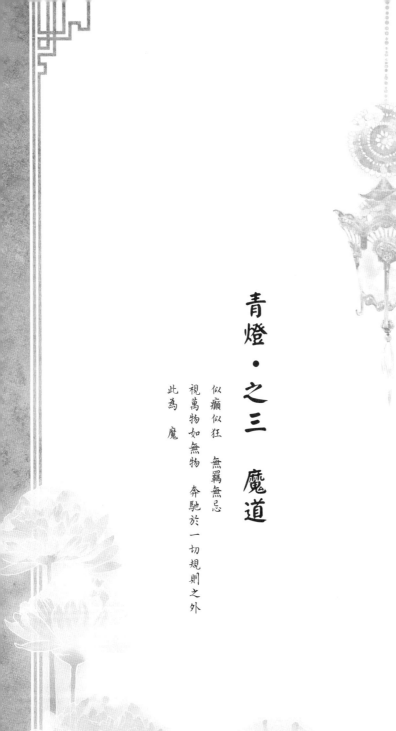

出了什麼問題？我不知道，紙妖已經整個沉進了杯底，月泉水下的它似乎寫了些什麼，但因為水面折射加上有點距離的關係，根本看不清，在這種怪異的情況下，傻瓜都知道要是繼續這樣下去會很不妙，至於不妙在哪……

你問我我問誰？反正不是什麼好事就對了。

「牧、牧花者！」硬著頭皮，我將胸前的玉珮狠狠壓在心口，在還沒再度陷進去之前伸手橫過桌子，一把抓住了牧花者那定在半空中的手——但不用等玉珮發揮作用，在這瞬間，我清醒了！什麼勾引啊魅惑啊的通通被我踢到天外去！

因為牧花者的手實在是好冰啊啊啊！我本來覺得胸前的玉珮已經夠冰了，沒想到還能遇到更冰的！

奇怪，我之前也有領教過牧花者的體溫，但那時候並沒有現在這麼誇張啊！如果說上次像是握住一罐剛從冰箱裡拿出的冷飲，那這次簡直就是直接握住冰塊，不，比那更誇張！這已經冰到徹骨冰到會痛了啊！

像是被我的動作給驚醒，牧花者立刻從那奇妙的狀態中恢復過來，那股曖昧的誘惑氣氛頓時消失無蹤，令人熟悉的安心感重新回籠，胸前的玉珮也恢復正常，這讓我大大鬆了一口氣。

太好了，是本來的牧花者。

我這麼想著，然後看見牧花者那如墨如星的眸子重新出現了焦距，目光先是定在我的臉上，接著來到了我的手上。

我那已經白目化的大腦瞬間閃過四個字：唐突佳人。

「啊、欸……那個，筷子！」火速縮回手，我迅速拆了一副筷子奉上，「剛忘了給，請用這個吃吧！」我說。雖然對於剛才的狀況還有些驚疑不定，但也不敢多問。

牧花者若有所思地看著剛才被我抓握的地方，唇畔流洩出溫暖的笑意，「真令人懷念，你是第二個敢主動碰觸孤的人呢，果然跟左墨很像啊。」

……也就是說第一個這樣碰你的人就是爺爺嗎？這推測可真是顯而易見，讓我連跟牧花者求證一下的意念都提不起來。也是，爺爺那人連牧花者的裸體都看過了，拉個小手什麼的對他來說肯定不在話下，搞不好還做過什麼更出格的事情，只是我還不知道而已。

就在我眼神死地猜想爺爺到底還做過什麼混帳事時，牧花者那好聽的聲音傳了過來。

「……方才，孤似乎想起了什麼，」他有些猶豫的看著自己的手，接著拿起我放在他面前的筷子，又夾起一片炸茶菁，「彷彿在很久以前，曾吃過類似的東西……」

以前吃過？

「是爺爺帶來的嗎？」

「不，左墨不曾攜帶這類食物來訪。」牧花者搖頭否定，將那片炸茶葉放入自己桌前的空盤中，這讓我愣了很大一下。

怎麼會，我那個爺爺可是很喜歡吃美食的，不但喜歡吃還喜歡做，更喜歡拉著別人跟他一起吃，這樣的爺爺，怎麼可能沒有帶食物來彼岸過？除非……

除非他有所顧忌。

爺爺是個對自己大膽、對他人謹慎的人。自己的事情只要有一分成功的機會，他就會勇往直前的衝下去；但如果是別人的事情，哪怕只有半分失敗的可能，他也不會去做。

慘，我不會在無意間又做了什麼蠢事吧？想到剛才牧花者的異常，再想到我答應了下次還會帶東西來的承諾，一時間，我只想找面牆撞下去一了百了。

在我正如坐針氈地思考著到底帶食物來彼岸有何不妥，爺爺到底在顧忌什麼是不是跟剛才的情況有關係的時候，牧花者歉然地看了過來。

「方才真是抱歉，客人在前，卻沉浸於自己的思緒之中，怠慢了。」

「不不，說什麼怠慢呢，才沒這回事，只是……」只是你剛才的樣子好奇怪，彷彿變了一個人似的，有點可怕呢。我本來想這麼說的，但心底有個聲音制止了我，硬是將下半段話給截斷。

「只是什麼？」

「沒、沒什麼，只是……對，我只是想知道你對那道點心的評價，居然能讓你吃到整個人頓住，真不曉得是好評還是差評啊……哈哈……」我乾笑道，心底更驚了，這種說法……也就是說牧花者並沒有意識到自己的異常？

我不著痕跡地掃了身旁的青燈一眼。

她的表情沒什麼變化，表現得如同一個正常的青燈。似乎每次在牧花者面前她都會擺出這樣的姿態來，我是不懂她這麼做有什麼用意，但儘管她已經刻意「繃」成這個樣子了，我還是能看出她的臉色有些蒼白，想來也跟我一樣承受了這份二度驚嚇。

有些心慌，因為想要遮掩心慌所以又變得更慌……聽起來很像在繞口令，不過這就是我目前的心情寫照，在這樣的情緒下，我帶著多少掩飾一下的想法捧起了眼前熟悉的茶杯開始喝，第一口下去，整顆心就突然定了下來。

很好喝，除了好喝之外似乎還有別的什麼在作用，溫暖的感覺從喉嚨開始一路擴散，從以前到現在積壓的一些負面情緒就這樣消失不見，有如烈陽下的融雪般，我驚嘆地看著手中的茶。想到青燈剛才也嚇得不輕，連忙用手肘撞了撞青燈要她快喝上一杯。

「這茶，好好喝、好厲害。」既好喝又好用，讓人很想高呼：以後喝不到怎麼辦啊！

「喜歡就好，」發現我跟青燈很快地喝完杯中茶水，牧花者笑著替我們又滿上一杯，「以月泉水沖泡的茶茗，具有定神淨化之效，兩位的心中似乎累積了不少東西，喝這個正好。」

聽完牧花者的解說，我若有所悟的看向紙妖，難怪它剛才會什麼事都沒有，整張都泡在月泉水裡了，想要有事都很難。像是察覺了我的視線，本來整張沉進杯底的它重新露了頭，方才寫在水底下的字也跟著露了出來，是一個「茶」字。

想來是剛才出狀況的時候，它想告訴我們快點喝茶，有喝有保佑，可惜我沒能看清水下的字，只好硬扛過去了，至於剛才到底是怎麼回事……雖然我很想知道，但跟「想」比起來，我更怕知道答案。因為我有種感覺，那並不是現在的我應該接觸的事情。

所以我決定閉口不提，要說我畏縮也好膽小也罷，反正我不覺得讓牧花者知道剛才那件事會是個好主意。就在我思索著該怎麼樣轉移話題時，牧花者主動提問了：

「在現世發生了什麼事嗎？」他說，溫和的目光凝視過來，「雖然孤不一定能給予幫助，但若你們想說，孤就聽著。」

我差點要捧著杯子感謝上蒼。

當真是瞌睡了就有人來送枕頭啊！牧花者大大您真是太善解人意了！我還想著不知道該怎麼開口才能扯開話題呢！

「是這樣的……」既然牧花者開了頭，那麼我當然就從善如流的開始說，這種事情在另一邊根本沒人可以說——就算說了也不懂，還會被人當瘋子——即使我想吐苦水也沒有管道，而現在有個能懂的人說他肯聽，一時間，我就像竹筒倒豆子般，幾乎是想到什麼就說什麼。

竹屋裡有一段時間都是我的聲音，眼前這種有吃又有喝的聚餐氣氛更是助長了我的說話欲望。牧花者大多時候只是靜靜地聽，靜靜地動筷子，偶爾會點點頭作為回應，時不時地替我跟青燈也夾上一點，有了這樣的最佳聽眾，再加上這種吃吃喝喝的狀態，我說得更起勁了。

當我回過神時，我不但哭訴了自己的三二危機，還把上代青燈跟那個魔的事情給交代完畢，連自己身為半妖殘燈這種事都給說出去了，當然也沒有漏掉那位造成悲劇的半妖青燈，一整串講下來儼然已是全盤托出，順口得不得了，所以在說完的那個當下我真是面色如土，心底那個發涼啊……

完蛋，低著頭，我掩面哀鳴。

我居然就這樣說出去了，祖先們一直以來努力掩飾的東西就在短短二十四小時內被我說破了兩次，第一次還能說是不知情，可這第二次……要是說給本來就知情的人那就算了，但牧花者應該也是不知道殘燈這件事的，不然就不會一直以為我是爺爺的「孫女」而不是「孫子」了。

啊啊，左家的列祖列宗們，實在很對不起，子孫不肖……

我很用力地懺悔著，這懺悔的姿態引來了牧花者的詢問，我只好硬著頭皮更深入地解釋懺悔的原因。反正說都說了，再說得清楚一點也沒差了，這大概就叫做死豬不怕開水燙。

聽完我的解釋，牧花者笑了。

「殘燈一事，孤在確定你為左墨的孫兒後，就已經知道了。」

「啊？」已經知道了？那我剛剛那麼糾結是為哪般？

「雖然長期處於彼岸之中，但燈妖皆為女子這一定律，孤還是有所了解的，既然你有著青燈的身分卻又身為男子，那麼得知你為半妖燈者並非難事。」他說，然後在我恍然大悟的時候笑嘆起來：

「說起來，左墨居然連孤都瞞了過去，雖能明白他的顧慮，但……實在見外了啊。」搖搖頭，他替自己添上一杯茶，拿起了那甜白的瓷杯，「若是有機會能再見他一面，孤定要好好與他抱怨一番……」

他輕聲訴說這樣的念想，接著就像在回味什麼似的，慢慢地飲下那杯茶。

看著這樣的牧花者，我突然有點羨慕爺爺，沒來由的。如果真要我確切地說出自己在羨慕什麼，還真說不上來，只覺得自己被眼前的景象給深深觸動。那種平淡中帶著深刻的想念，就像一幅普通卻能讓人過目不忘的畫一樣，輕易地撥響了我心底最柔軟的那根弦。

周遭突然靜了下來，我跟青燈也沒有破壞這份寧靜的念頭，跟著拿起了茶一起慢慢品味起來。雖然剛才說過了，但現在我忍不住還要說：這茶真是好東西！一杯下肚之後整個神清氣爽，頗有重新活過來的感覺，不知道離開的時候能不能打包帶走，至少讓我帶一點去給娃娃喝……

一邊喝完茶，一邊和青燈、牧花者吃完了小量精緻的點心。

吃完後，我這麼想著，邊完茶邊聊天的跟青燈、牧花者一起解決掉這些精緻小點。說也奇怪，明明就坐在對面，我在茶飽飯足後卻對牧花者後來到底都挑哪些來吃沒有半點印象，只知道他好像每盤都有動過。

因為想不起這些細節，所以我沒能發現牧花者除了最開始那次之外，再也沒有吃過一口炸茶菁，連夾到他盤中的那一葉也沒有吃，成了收拾桌面時少見的幾份殘餘。

收拾的途中，牧花者開始準備第二泡……還是第三泡茶？這細節不重要，反正他開始泡茶就對了。為了避免牧花者騰出手來幫忙善後，我跟青燈的動作很快，三兩下的就將桌面上的空盤啦、筷子啦、廚餘啦等等的垃圾納進塑膠袋中綁好，本以為這樣就結束了，沒想到牧花者最後還是出手幫了一把，而且一出手就是大的。

只見他狀似隨意地伸手過來，纖長的指尖輕輕在包好的塑膠袋上點了點，然後？然後就沒有然後了，我總算見識到什麼叫做眨眼間灰飛煙滅，看著本來應該放有塑膠袋的地方現在連片渣都沒有，整個桌面也變得煥然一新，我的心下不住感嘆。

爺爺說的沒錯，業火什麼的，果然好高檔。

不僅純天然無汙染，一般在燃燒塑料時會產生有毒氣體也根本沒有出現，這是什麼原理？難道業火不是火嗎？還是說那些氣體也一併被燒掉了？這會不會太霸氣啊？

不知道青火有沒有這種效果，雖然接了燈杖，但其實我對青火並不是太了解，而且如果要論到操控的話，比起青火，我可能對自己的心火還比較有經驗，只是這心火又是怎麼回事呢？我知道它可以用來畫符，但它能不能拿來燒其他東西？

這念頭一起就忍不住深入細想，就在我開始思考自己的心火能燒些什麼的時候，茶水的香氣將我整個拉了回來。

牧花者在我腦內妄想亂飛的時候，他將泡好的茶分別倒給了我跟青燈。

「關於你提到的那位『魔』，是否已經知道對方的想法了？」他問，將茶壺歸位之後就回復到原本優雅的坐姿。

「沒，根本連找都還沒去找呢，也不清楚他什麼時候會出現，」我垮了垮肩膀，對於自己短時間內要衝兩次臺東感到無奈，「實在不行的話，也只能在妖仙散道的地方守株待兔了，當然，我個人是希望不要用到這種方法。」會浪費很多無謂的時間，而且看起來像笨蛋。

聽完這段話，牧花者明顯頓了一頓，一直掛在嘴角的溫和笑意稍稍淡了些，神色變得慎重起來，「你還沒去找？」

「是還沒去……因為才剛接到消息而已，」發現牧花者的態度變化，我不自覺地緊張起來，「我、我沒有要拖延的意思，只是想做足了準備再去，畢竟對方帶著魔氣過來，目前也不知道是偏好的還偏壞的，所以我想稍微提升一下自己再過去，這樣至少有點反抗能力……那個，您生氣了嗎？」我小心翼翼地看著他，謹慎的用了敬語。

看到我這種戒慎恐懼的緊張樣，牧花者又是一頓，像是回想起什麼事情般，溫暖的笑意重新回到了嘴角。

「放心，孤沒有生氣，只是有些擔心。」

「擔心？」這下換我頓了。

「嗯，因為孤在你身上感覺到了魔的氣息，若無意外，你其實已經跟對方接觸過了，但你卻說還沒找過去，也就是說……」牧花者定定地看過來，話底的涵義不言而喻。

「也就是說，對方已經找過來了？」我不是很確定的看向身旁的青燈，卻只見到她一臉凝重的神情，還有就是高高蹙起的雙眉，看來她也跟我一樣，完全沒發現這回事，這讓我整個背脊都涼了起來，「怎麼會，我們完全沒有發現到……」

真是搞笑了，人家都已經摸上門了卻還一無所覺，還說什麼要等準備好了才找過去呢，簡直不知道死字怎麼寫。話說回來，究竟是什麼時候接觸到的？難道真的是紙妖說的那個噴了香奈兒的女人？可那怎麼看都是普通的上班族啊……

我心頭亂糟糟的，企圖從回憶裡找出可疑的人物。本來還想問問紙妖有沒有印象的，但是那廝已經在茶杯裡泡到不知今夕是何年了，而且當著牧花者的面，我也不敢直接把紙妖拎出來。

牧花者繼續說了下去。

「沾染到的氣息十分微弱，若不是你方才直接抓住了孤的手，孤恐怕也無法察覺，而且……」看著自己的手，牧花者的語氣裡帶了些許不解，「不知為何，那縷魔道的氣息之中，還夾雜有一絲仙氣，明明是兩種對立的氣息，卻巧妙地揉合在一起，著實奇妙。」

「仙氣？」聞言，我心頭大驚，「難道、難道是妖仙散道之後的那些？」對方已經去過妖仙的散道處了嗎？動作會不會太快啊？

我驚愕地失聲叫道，青燈的小臉更是整個刷白，整個人看上去毫無血色。

「非也，那抹仙氣並非是外物。」牧花者搖搖頭，暫時壓下我們驚慌的心，「自古，仙魔不兩立，若那位當真引了外界仙氣至己身，結果只會有兩種：壯大亦或是淨化，最終，仙氣是會被消耗的，絕不可能會殘留在魔氣之上，甚至殘留到能夠沾染在他人身上的程度。」

牧花者淡淡地說著我們都不知道的事情，這讓我又一次地佩服起來，牧花者果然很厲害，博學多聞。明明一直深居在彼岸不出，卻還是對妖魔之間的事情這麼了解，而且從話裡聽起來，感覺好像對仙家也知道一點，簡直就是強大的三界百科。

他繼續說下去。

「然而現在的狀況卻非如此，這仙氣似乎已在對方的本源之處扎根，就如同在身上強加了不屬於自己的東西一般，而且這『東西』還會時時刻刻地試圖將周遭的氣息導入仙途……說實話，這情況對魔道來說是很彆扭的一件事。」

「彆扭？」

「是的，畢竟是互斥的存在，被仙氣扎入心中，對持有魔氣者來說很不好受，所以一般都會試著將之挪為己用；若無法吸納，便會果斷地將其驅除掉。但這位卻沒有這麼做，無論是吸取或驅散，都沒有……反而是刻意地維持住這種狀況，藉此與之並存……這實在奇妙，可說是前所未見……」這世上能讓他連讚兩次奇妙的事情已經不多了，沒想到眼下就遇上一遭。

我有些懂了，如果用我流解釋法來看的話，那個魔就是歪得亂七八糟的齒列，而仙氣則是牙套矯正器，剛開始套上去肯定很不舒服很不習慣，甚至會很痛，但只要讓齒列隨著時間過去而逐漸接受矯正慢慢歸位後，矯正器的禁錮就不會顯得那麼難受，到最後就能拆掉不再需要了。

但這個魔不是這樣，他煞費苦心地維持著那亂七八糟的齒列，不讓它們接受牙套的矯正，卻又同時用一種固執的姿態讓那個矯正器一直留在身上……這是什麼自虐的M屬性啊？

爺爺說的沒錯，入魔的都是瘋子，現在出現的這個不但瘋還很M，儼然就是個變態！想到之後必須面對這樣的變態，我忍不住再次興起了找面牆撞下去一了百了的念頭。

『奴家並不是很懂魔道的心理，』就在我思考著哪裡有好牆壁可以撞的時候，一直在牧花者面前保持沉默的青燈開口了，『依大人之見，那一位究竟會選擇何種道路呢？』

是淨化？是魔化？

雖然現在已經能推測得知這個帶著魔氣的傢伙是屬於沒能淨化完全的那種，可從他努力維持仙氣在體內的行為，真的很難判斷他在想什麼。因為不管他想走哪條路，那身帶著魔氣的體內就埋著現成的仙氣了，放著不用卻千里迢迢的從對面那邊跑過來……這也未免太捨近求遠了吧？

面對這樣的提問，牧花者先是有些驚訝的看了青燈一眼。

在被我分走一半青燈資格後，青燈總是努力地讓自己在牧花者面前看起來跟過去一樣，但再怎麼「繃」，她也沒辦法真的回到過去那種狀態，表現出來的結果就是變得異常沉默。以前身為無淚者的她好歹會應上一兩句，繃成這樣後連要讓她吱個聲都不容易，而現在，她居然主動提問了？而且問的對象還是牧花者！這是多大的進步啊？

牧花者溫暖的微笑裡透出一抹讚許的味道，而我也為此在心底給了青燈一個大拇指。

沒錯！就是要這樣！

有想法就是要說出來，有問題就應該提出來，這樣才能互相了解！看來青燈真的把我先前那番話給消化進去了，真是讓人感動，只是接下來的談話內容就讓人感動不起來了。

「……不好說……」只見牧花者在細細思索過後，緩緩搖頭，「入魔者的心思素來難以揣摩，他們總是隨心所欲且跳脫於任何規則之外。每一位魔都有各自的執著與癲狂，那就是他們的魔道，因此，即便是孤也無法告訴你魔者的想法，哪怕是最弱小的魔，也一樣。」

「這樣啊……」我有點失望，不過這樣的說法的確很符合爺爺給我灌輸過的魔道印象，只是，「真傷腦筋，那傢伙到底想做什麼呢？不說的話誰知道啊……」偷偷摸摸的找上門來卻半聲不吭，好歹透露點想法啊！

我有些發牢騷似的抱怨道，接著捧起眼前的茶杯開喝，茶水已經放得有些微溫，現在喝正好。

而像是被這句話觸動，牧花者的指尖帶著節奏地輕敲了桌面幾下。

「或許，可以試著跟對方談談？」

「咳咳咳！」剛喝下去的茶差點被我嗆出來，我整個人錯愕地看向牧花者，談？我沒聽錯吧，要我去跟魔……談談？「那個，魔道中人會坐下來跟人談話嗎？」

沒記錯的話，爺爺說過那些入魔者都是些對話無用的傢伙，現在碰上的這個雖然只剩一隻腳踏在魔道上，也還是算在入魔者之列。再說了，這位是屬於淨化不完全的那種，從能夠壓住仙氣這點來看，得到淨化之前很可能是一方魔尊，所以要稱之為魔是完全沒問題的。

而現在牧花者卻建議我跟這個魔談談？魔真的能跟人坐下來談？我不想質疑牧花者的話，但……難道爺爺的說法有誤？

看著我的滿臉困惑，牧花者笑了笑。

「尋常魔道或許不行，但這位體內混雜了仙氣，能很大程度的壓制魔性，或許可以一試。」將手重新收回寬袖中，牧花者解釋著他的提案，「嚴格說起來，他專程找到你，卻什麼事都沒發生，以一個魔而言，這已經可說是善良的表現了。」

……善良？我扯了扯嘴角。

魔道的善良標準還真「高」啊，高到我趴地上都看不見，簡直太高深莫測了……我默默地吐槽著，然後認真地思考起牧花者的提案。

現在最重要的就是搞清楚對方要幹嘛，直接上去問是最快的，也最符合我的要求，我可沒那個美國時間跟對方慢慢耗，但關鍵是人身安全啊……我完全沒有在一個魔道面前保命的能耐，連能不能從對方眼皮子底下逃跑都沒自信，這要是有個萬一那不是糗大了？

雖然魔的事情很重要，但是我的小命也很重要啊！當然，如果真的能談談那是最好的，但如果談崩了或是有什麼意外……

我皺緊眉頭，一臉的糾結，牧花者則在旁悠然自若地喝著茶，在一杯飲畢後，不輕不重地將空杯喀地一聲放到桌上，引起了我的注意。

「左墨是個不安分的人。」

「嗯？」怎麼突然提起爺爺？我有些疑惑，不過牧花者向來不會無的放矢，所以我看著他，等著下文。

「當年的他花了很長的時間在各界遊走，但奇怪的是，無論去到哪，他總是能惹上不少禍事，因此練就了一身隱遁的好本領，連孤也無法保證能夠將其拿下。」像是回想起什麼好笑的事情，牧花者看著桌上的空杯，嘴角彎出了惑人的弧度，「若你能習得一二，想來會安全許多，孤也能安心許多。」

喔喔喔！隱遁之法！

我的眼睛亮了起來，這個下文果然沒有讓人失望啊！因為太興奮，我直接將前面那段有關爺爺到處惹禍的部分忽略了。

「您知道爺爺將這些寫在哪裡嗎？」狗腿時要用敬語，我期待萬分的朝牧花者看去。

「左墨將其生平所學盡數收錄在『符道』之中，只要仔細查找，該是找得到的。」

符道？「都在那本書裡嗎？」

「是的。」他說，然後隨手將空杯收擺好，起身站了起來。

這是……要離開了？

意識到這點，我跟青燈連忙跟著起身，我可沒那個膽子讓牧花者站著說話，自己卻坐著回話，這畫面怎麼想都覺得奇怪。

「孤該回去散布渡曲了，今日之會，孤很盡興。」牧花者一邊說，一邊移動步伐到牆邊將之前掛上去的琴抱下來，回身對我們優雅一笑，「屋中的事物可以隨意使用，茶水若不嫌棄的話，自便即可。」

「真的十分感謝，」面對總是這麼客氣又溫柔的牧花者，我有些無措地搔搔頭，「不好意思，老是跟您借地方……」

「無妨，此居平常也只是空著。」他笑著搖頭，眼神中滿是溫暖，「孤這裡鮮少有來客，所以你們的前來，讓孤很是高興，這樣的心情已經許久沒有過了。」

他這麼說道，莫名地讓我有些心痛。

「那個！」也不知道是哪來的衝動，我有些結結巴巴地說：「如果、如果您不介意，不嫌麻煩的話，我、我以後可以常常過來嗎？」

語出，牧花者朝門口移動的腳步停了一停，他回頭深深地看了我一眼。不，也不一定是在看著我，因為視線的焦距不完全在我身上，彷彿在看著我的同時，也看著另一個已經不存在的影子。

然後他笑了，不是那種習慣性掛在唇邊的淺笑，而是打內心覺得高興的那種，今天之內已經讓我看見好多次的笑容。

「孤不曾介意過，也從未覺得麻煩，所以，隨時歡迎。」他留下了這句話，在對我們點頭示意後，開門走向那無盡的花海之中，身影逐漸被紅花吞沒。

門關上之後，我聽見外頭傳來了悅耳的歌聲，是獨唱，沒有琴音伴奏的單純歌聲。牧花者似乎打算一路唱到彈琴的地點後，再與琴音相合。

聽著漸行漸遠的歌聲，我像是被什麼給驅動一樣地來到了櫃子旁。這裡頭收著牧花者替我製作的練習用白符，我拉開抽屜一看，裡頭的白符果然又多了好幾疊……

心裡很暖，也很酸。

我何其有幸，能結識到這麼好的人啊。

「青燈……」

『奴家在。』

「妳覺得那時候的牧花者，是出了什麼問題呢？」我沒有特別說明那時候是哪時候，因為青燈一定知道我在說什麼。

『……奴家也不甚清楚，』皺著眉，青燈在遲疑了片刻後緩緩搖頭，『奴家也是首次遇上這樣的事情……此事，是否該讓牧花者知曉呢？』

「不！」

想也沒想的，我瞬間拒絕了青燈的提議，直到我轉身看見青燈詫異的模樣時，才發現我拒絕得有多麼心急跟心慌，「我的意思是，牧花者的事情，不是我們能夠插手的……所以，這事還是先放一放吧，畢竟牧花者現在看上去十分正常不是？現在跟他說也只會讓他困惑而已，如果之後再出現類似的事情……那到時候再提也不遲。」

『……安慈公的顧慮，奴家明白了。』沒有追問什麼，青燈接受了我這種帶著明顯逃避性質的說法，接著就拿出了我之前收好的筆記放到桌上，一臉認真，『那麼，請開始學習吧。』

「啊？」

這話題是不是轉得有點快？

看著青燈那公事公辦的模樣，我的臉上有些抽搐。雖然我的確是要來彼岸這邊惡補功課的，但並不是這個功課啊！當然啦，青燈拿出來的這個也很重要，但是看了那些之後我還有心力去看等下要抽考的東西嗎？

於是我就這點開始跟青燈討價還價，最後得到了交叉學習這可怕的結論，什麼叫做交叉學習？青燈是這麼說的：

『既然安慈公堅持，那麼就先看符道，看累了就換成安慈公課堂上需要預備的功課，要是再倦了，那麼就重新回到符道這裡來，如此這般，兩方不落，安慈公以為如何？』

呵呵。

我鐵青的聽著青燈那跟休息兩字完全不沾邊的斯巴達規畫，她甚至連時間表都給弄出來了，在這種情況下我除了「呵呵」之外還能說什麼？不過為了防止自己的腦袋會被塞爆，我還是試著跟青燈爭取了。

而在幾番拉鋸遊說跟裝可憐之後，看上去依舊很可怕但至少能讓人有幾口喘息的時間表出爐了，再之後的事情就很單純了，有青燈大大在旁督導，這時間表想不嚴格執行都不行……

彼岸的學習環境十分優秀，不但耳邊總是能聽到悠揚舒心的琴曲，紫竹屋還具有恢復精神的效果，這種種條件疊加起來，學習效率真是提高了好幾個檔次，比自修室還要有用數倍。

紙妖那傢伙在第一次休息空檔時就被我從茶杯裡強制撈了出來，沒辦法，學校的功課已經看了一個段落，接下來的符道部分需要紙妖的翻譯。雖然青燈也能翻，但是她的毛筆字怎麼樣也快不過紙妖的顯字，所以我就直接把睡著的紙妖撈起來了。

「幹活。」

『安慈公虐待童工……』一邊把自己給擰乾，紙妖一邊發出了哀傷的抱怨。

童個鬼啦！我心底一陣惡寒。

「都多大年紀了還裝什麼嫩？還不快幫忙，找出裡頭有關隱遁的部分然後翻譯一下。」

我看不懂篆體字，就算找了也看不懂。

『安慈公真失禮，小生可是永遠的七歲歲呢。>3<』嘟嘴。當然是畫上去的。

……

……

好吧，以心理年齡來說搞不好真的只有七歲歲，所以這次我忍了，趁著紙妖在那邊忙活，我把隨身鏡拿了出來立放在桌上，既然是休息時間就要好好利用。

對著鏡子，我先是迅速將頭上那詭異的月光仙子包包頭給拆個精光，然後出聲呼喚：

「娃娃？娃娃在不在？」

『是，安慈公有何吩咐？』

吩咐是沒有，分享倒是有，看見娃娃的身影從鏡子裡出現，我很開心地倒了一杯茶挪到鏡前，「給，喝茶，這茶很好喝喔！牧花者親手泡的呢！」

聞言，娃娃一臉的受寵若驚，『真、真的可以收下嗎？』

「當然！」牧花者既然說了茶水自便，在我的理解裡自然就是想給誰就給誰囉，我這麼想著，然後看著娃娃開開心心地用彩帶將那茶杯給捲了進去，寶貝似地捧著，才喝了第一口，她那漂亮的大眼睛就亮了起來。

『好棒的茶……』

「對吧？牧花者出手，怎麼會是凡品呢？」我笑呵呵地說，可還來不及等我笑完，娃娃接下來的動作就讓我僵住了。

只見她盯著茶杯思索了一陣，接著就操起彩帶將自己挪動到鏡世界的花樹下，樹下有個不顯眼的小土堆，那是底下埋有洛神花仙殘骸的地方。她來到這個土堆旁，小心地將杯中的茶水倒了一半過去，笑得分外甜美，『奶奶，這是安慈公贈與的茶，牧花者大人親手泡的，您也嚐嚐。』

「娃娃……」看著這樣的場景，我的眼睛一熱，在感到一陣慚愧的同時，也趕忙再倒了一杯遞過去，「抱歉，是我不好，忘了妖仙大人的份，這就補上，娃娃別見怪啊……」

『不會的，安慈公有想到娃娃就讓娃娃很開心了。』

她這麼說，而我更慚愧了，本來還想說點什麼的，但一旁的青燈表示休息時間已過，正虎視眈眈的看過來。對此，我只好從茶具組裡翻出一個小壺，將茶水分裝過去後放到鏡子面前。

「不好意思，我得開始看書了，這一小壺妳慢慢喝，如果給妳的那些點心還沒吃的話，可以配著吃！」

『好的。』她說，然後滿心歡喜地將放在鏡前的小壺跟茶杯給收了進去。接著鏡面換了一個風景，裡頭的人不見了，只讓我看見一片欣欣向榮的綠意，『據說綠意可以令人子放鬆，安慈公加油！』

「沒問題。」我應道，視線重新回到桌上，紙妖已經將它找出來翻譯好的部分放到我面前了。而我，老實說對於這個隱遁之法，本來是抱持著為了小命而不得不學習的心情，但現在，我是真心想將它學好了，其他符道也是，得掌握幾個具有威懾力的。

「一定要搞清楚那傢伙的想法……」若對方選擇淨化，那一切好說，但若選擇了魔化，那麼我除了逃命之外還必須將對方給趕跑才行，妖仙所留下的東西，我要儘可能地保護好。

回想著剛才鏡世界裡顯現的那一幕，那花樹、那樹下微微攏起的泥土還有娃娃的笑容，不知怎地，我突然覺得任重而道遠了起來。

「路好長啊……」把長髮收攏到身後，我喟嘆著看著眼前的紙張，在青燈的凝視下苦逼的開始了天昏地暗的學習。而不管我是在努力還是在休息，外頭的琴曲沒有一刻斷過，就算琴音會在牧花者移動的時候稍停片刻，但因為有牧花者的歌聲做銜接，所以就實際狀況聽來，的確是一刻不停的。

他不累嗎？

我不只一次地這麼想，而在這個時候，爺爺的筆記再次出現了不需要紙妖特別翻譯的留言。

一樣是蒼勁有力的毛筆字，筆鋒透出來的堅毅令人忍不住想仰望，單看這些字，不難想像當初寫下這些的人是多麼的驚才絕豔；但若要提到內容的話，大概會有百分之九十五的人會興起想把這張紙踩到腳底下的念頭，剩下的那百分之五則是選擇直接撕爛。

『小慈親啊～雖然跳頁是不對的，但念在你跳的是用來保命的這一段，所以爺爺決定大發慈悲的原諒你一回，怎麼樣？爺爺很大度吧？有沒有很感動？』

有啊，我感動得好想撞牆啊……

看著爺爺那一如既往的留言調調，我又好氣又好笑的吐著槽，心底泛起了怎麼也壓不住的暖意。也是到了這個時候我才瞭解，為什麼自己看到娃娃將茶水分給小土堆時，會有種觸景傷情的感覺。

原來是一樣的啊，這種對已經不會回來的人的思念。

我伸手撫摸著那些字跡，輕聲低語。

「爺爺，小慈又來見你了……」

這次也請多多指教。

「小慈啊，你知道魔者何以為魔嗎？」

小時候，爺爺曾經這麼問過我，而我當時只是愣愣地搖頭。

「因為他們太過執著了，」摸著我的頭，爺爺發出了悠長的嘆息，「執著到除了自己執著的事物之外，再也看不見其他東西，不管是有形的、無形的，世間的一切在他們眼中都比不上那一分執著，於是，便成魔了。」

「所以才說，魔者，都是些執著的瘋子啊……」

爺爺說，嘆得更深了。

青燈・之四　白鳳

『鳳者乃百鳥之王，非梧桐不棲，非竹實不食，非醴泉不飲。』

『引此為名，喚你白鳳可好？』

爺爺所編寫的隱遁章節，基本上可以視為一本囊括了古今中外所有你想得到的、想不到的落跑大全，根據章節概述表示，這裡頭收錄的等級範圍從騙小孩的，到能瞞天過海的，通通都有，而且所有列舉出來的範例，都是他實際使用成功過的，對此似乎頗為自豪的爺爺還專門替這個章節起了很中二的標題：

上天下地三百招。

然後底下用小楷寫了特別附註：其實不只三百，只是這樣寫比較帥。

我：「……」

這一瞬間，我只覺得什麼思念啊緬懷啊都是天邊那浮雲，只是我們家的浮雲不但特別高特別遠，還特別讓人想打下來。

爺爺啊，你就不能讓孫子留存一點美好的妄想嗎？

而當我翻開第一篇，發現上頭題了比章節頁還要更中二的左右聯時，我突然覺得不只思念跟緬懷是浮雲，一直以來存在於我心中的美好回憶其實也是浮雲。

那亂七八糟基本上連半個字都對不起來的對聯是這樣的：

左：出入如無人之境。

右：落跑乃天經地義。

橫批：滑不溜丟。

我：「…………」

算了，爺爺就是這樣的人，在這陣子的操練下我也應該習慣他這種白目風格了，所以淡定啊左安慈，認真就輸了。

我這麼替自己做心理建設，然後翻開了所謂的初級入門篇，而在看到入門的第一個範例時，我突然覺得自己果然還是太天真了，在看章節概述的時候我還想著什麼叫做騙小孩的等級呢，沒想到入門第一篇就示範給我看了。

上頭是這麼寫的。

範例一：

面對你要擺脫的對象，儘可能地做出震驚的表情，然後在某個時間點猛力指向敵人身後，用你最驚訝最詫異的聲音吶喊出來：

「快看！是〇〇！」

補充：〇〇可以依照對方的背景、個性等等置換成任何東西，比方說「飛碟、三層樓高的媽祖、你老婆、你老闆、流星」……等等，以此類推，發揮創造力吧小慈親，你可以的。

……我不可以。對了，現在去找牆來撞還來不來得及啊？

眼神死的看著這篇初級入門，我對於爺爺居然連這種東西都收錄進來表示強烈的鄙視，不過，既然能列出範例，那麼就代表這招有成功過？到底是誰啊？居然會被這種騙小孩等級的招給誆過去，我都要替他掬三把同情淚了，當然，是笑出來的。

『安慈公，您的神色很嚴肅，可是有看不懂之處？』

「沒事，我只是在醞釀一下學習的情緒。」僵硬地扯著嘴角，我試著安撫青燈，同時壓下了在心頭不住吶喊著的：何止看不懂啊林北想撕書啦……等等粗口，繼續往下翻。

幸好，這類騙小孩的入門招並不多，不然我可能會真的忍不住開始撕……好吧，爺爺的書不能撕，但是紙妖翻譯出來的可以。

學習就在我的額角陣陣抽搐下堪稱順利地進行下去，當然，突然要我掌握全部那是天方夜譚。初級中級的還好，但是到了高級跟完全不知道在寫什麼的傳奇隱藏版……那個除了要弄懂本身在寫什麼之外，還要另外學一堆奇奇怪怪的輔修，隱藏版裡需求的什麼卜算啦、陣法啦、星象啦這些暫且不提，光是高級篇裡頭需要掌握的地脈學、大氣學、風水學就能讓我頭昏腦脹了。

所以關於高級以上的部分，我只是稍微瞥過一眼後就決定放棄，同時讓紙妖暫時不用翻譯那幾塊，全力把入門到中級的部分弄出來就好。

畢竟是爺爺一生的心血結晶，他花了那麼久的時間才完善的東西，我還沒有狂妄到認為自己學上十天半個月甚至一年兩年就能夠全部搞定，現在只要能學會中級篇裡頭幾個特別實用的就好，那些高級以上的東西，等我把自己提升到一個程度之後再說。

跟入門篇那些只是打打嘴砲的騙小孩技倆不一樣，中級開始就是很正常的符道應用了，沒有什麼特別需要輔修的部分，好好地把上頭說的符畫出來就是了。在裡頭，我看到了幾個很眼熟，根本就是從故事裡取材出來的符。

比方說應聲符，畫好符找個地方貼好之後，就會用你的聲音幫你回話，進階版的甚至能幫你跟對方聊天……嗯，怎麼印象中有個鬼故事的主角就是這麼幹的？

還有很常見很普遍的替身符、能讓人產生幻覺的幻象符、能瞬間發出強光的閃光符、跟好像很厲害的泯然眾人符……等等，種類豐富不勝枚舉，而因為爺爺列舉出來的範例都是些實際發生過的案例，看起來特別的有真實感，如果單看這些案例的話，可能會以為自己在看什麼傳奇小說。

由於看得太入迷的關係，我一直到了很久以後才意識到這麼多的實際案例到底意味著什麼，在意識到的瞬間，我對於爺爺的惹禍能力有了更進一步的了解，並且佩服得五體投地。

就這樣，我一邊鑽研著符道，一邊溫習著等等從彼岸出去後要迎接的七八節抽考，休息的時候跟娃娃聊聊天喝喝茶，看到有些不耐煩的時候就把紙妖摺成紙飛機射出去。也不知道過了多久，我不只把七八節課要抽考的項目給看完，期中考要考的部分也全部看過了兩遍，甚至，我還預習到了接下來一路到期末考的內容……

嘖嘖，撤回前言，其實我也不用太擔心我的考試成績嘛，只要考前出來上個洗手間然後鑽進彼岸惡補一下，及格什麼的根本是手到擒來啊！我在心裡賊笑地想著，然後拿起了一路鑽研到剛剛的成果。

那是五張符，對現在的我來說，這五張已經是壓榨到不能再壓榨的極限了，想畫出下一批至少得讓我休息個兩天，蒙頭睡上一覺。沒辦法，現在一切才剛起步，我的心火數量實在太少，質量也只能算是普通。根據爺爺的說法，隨著符道的修行，這些都會慢慢增長，不必著急。

但我現在真的很著急啊！

雖然跟上次前後只畫了四張就沒力相比，這次也算有進步了，可這點進步完全不夠啊！

我苦惱地看著眼前那可憐的五張符紙，思忖著是不是該累積到十五張甚至五十張之後再出去……質不夠的話咱用量取勝嘛，一堆閃光加煙霧劈頭蓋臉地砸出去，怎麼也跑得掉的吧？

抱著這樣的想法，我又在彼岸泡了幾天，其中當然有過幾次的實地操作，雖然製符不易，但我怎麼也要了解一下這些符的威力到底在哪，以閃光符來說好，要是到時候爆出來只有丁點的亮度那不是糗大了？

所以我把做出來的每一種都試著打了一遍，成果嘛……嗯，自我感覺蠻良好的，至少有點信心了，假如真的談崩，那麼應該是能逃掉的。

「嘖，難怪以前跟爺爺玩躲貓貓的時後從來沒贏過，敢情他是作弊啊？」拿著製好的符，我替年幼時期那天真無知的我感到一陣忿忿不平。

在把被我測試消耗掉的符給補上後，我埋頭大睡了一覺。醒來之後先是將牧花者替我準備的白符給拿個十幾二十張備用，接著就是一陣收拾，在把一切都恢復原狀後，我就可以準備離開彼岸出去面對現實了。

既然要離開，那麼離開之前怎麼也要知會牧花者一聲，這是基本的禮貌，揹起了收拾好的包包，我最後確認了一次環境、檢查了包包，在沒有遺漏掉什麼之後才開始往外走，「走吧，我們去跟牧花者道別。」

不出意外的話，牧花者應該會送我們去鏡世界，在那裏我可以先打理一下我這頭長髮，然後把店家的衣服放回去，再去幫阿祥買他要的點心……糟糕！點心！

我是大包小包的走進服飾店的，現在不過進一趟更衣室出去後就兩手空空了，這好像有點說不過去，不過，「也許、可能……應該沒關係吧……」

我不是太有信心地說著。百貨公司人來人往的，應該不會有人特地去注意一個陌生人手上都提了些什麼，更別提會主動跑來關心別人把東西放在哪，所以理論上是沒問題的……我這麼說服自己，然後朝外走去，進入了花海之中。

循著琴音來到牧花者面前，他果然又十分客氣的將我們挪移到月泉處，開了通道送我們去鏡世界，雖然這已經是預料中事了，但我還是覺得很不好意思。人家牧花者是何等人物？居然願意幫我們這樣專程開道，這待遇簡直比VIP還要尊榮不凡。

雖然這對牧花者來說可能只是舉手之勞，但，無論是什麼樣的幫忙，就算對方每次都願意幫把手，也不能將其視為理所當然，所以儘管牧花者說了類似毋須言謝這樣的話，我還是規規矩矩的道完謝之後才進入鏡世界。

「萬事小心。」隔著水鏡，牧花者帶著他那一貫的溫和，立在彼岸那端笑著與我們告別。

「嗯！我會的！」我大力地朝已經開始出現漣漪即將散去的水鏡揮手，「下次再見！」

水鏡散去之後，這次我終於鼓起勇氣開口問青燈了，「那些不是已經報廢了嗎？」

其實第一次看的時候就想問了，只是一直沒膽子……她到底收集那些廢棄的髮弦要做什麼？難道是要收集起來還給牧花者？這個……以牧花者的個性是會收下啦，但這樣把報廢的東西還回去好像有哪裡怪怪耶。

『廢品之說，乃是以牧花者的眼光來看，』青燈寶貝地收拾著那些髮弦，說出了我一直沒有注意到，或者該說被我忽略的事，『此弦再怎麼差勁，也是牧花者親自取髮錘鍊而成，放在尋常妖者之間，這可是求之不得的上品，倘若真的棄之不用，未免太過糟蹋。』

「啊……」青燈這席話，將我從一直以來的誤區中拉了出來。

是啊，我怎麼沒想到這點？牧花者那樣的人物，眼界肯定是很高很高的，能被他評為次品的東西能差到哪去？正所謂富家一頓飯，常人一月薪，一件對前者來說也許不算什麼的普通小玩意，放到後者眼中卻可能是價值連城的寶物！

被青燈這麼點醒之後，我才知道自己剛才那種「報廢的東西撿來做啥」的念頭有多奢侈浪費，說敗家都不為過……真是，慚愧啊……

不過，說是這麼說，我現在也知道那些髮弦是好東西了，但，「這東西要怎麼用？」又能用在哪？拿去當琴弦肯定是沒門，畢竟那些通通泡過水——還不是普通的水——在作為琴弦這條路上，就算是以普通人眼光大概也不合格了。

『對奴家來說，用處可多了，對安慈公而言也同樣有用的。』

啊？「我也能用？」我的表情有些呆滯地看著青燈。

『是呀，安慈公可以用來製符，此弦用在鑲線之法上，可說再合適不過了。』她認真地看著我，臉上的表情活像是精打細算的小管家，『請放心，奴家會好好保管這些弦，待安慈公有製符需求時，只消同奴家說一聲即可。』

我覺得自己聽到了福音，忍不住給了青燈一個大拇指：「還是妳周到！」

太好了，這下等到我開始練習鑲線的時候就不必煩惱沒有材料了，想當初看見那部分的製符步驟還覺得很傷腦筋呢，總不能真的要我去跟牧花者要頭髮吧？雖然爺爺的清單上還有其他的材料可以選擇，但既然要做當然要做到最好！

至少材料上不能馬虎，這樣多少可以靠材料來遮掩我那不是太優秀的針線活……唉，「我沒怎麼拿過針線呢……」印象中上一次拿針已經是高中家政課的事情了，看來在學到鑲線製符法之前，我得好好惡補一下，突然就要我繡花有點不太現實，但搞些拼布手工藝或布偶熊寶寶這類東西應該沒有太大問題。

說到這，「青燈啊，妳的針線怎麼樣？」

『針線？』將髮弦全部打理完畢收好，青燈有些疑惑的想了想，『安慈公指是人子們的女紅嗎？』

「差不多。」

『這……奴家都是以妖力引線，從沒用過針，所以若是要以人子的方式穿針做裁縫，奴家恐怕是不行的。』

「這樣啊……」我拍了拍頭，本來還想著能請青燈教我呢，看來只能另尋名師了，再不濟，了不起買書回來自學！不過就是這樣穿過來那樣插下去嘛，沒問題的！說不定到時候還能拉著青燈跟娃娃陪我一起學呢。

我暗自打著這樣的主意，然後轉向一邊的小鏡妖。

「娃娃，跟上次一樣，借我幾把剪刀好不好？」我得趕緊整理一下頭髮，不然頂著這頭根本出不去。

『好喔，請稍等！』娃娃說，下一秒就弄了一打的安全剪刀過來，整整十二把一字排開，畫面看上去挺壯觀的，『請用！要是不夠的話再跟娃娃說！』

……真貼心。

看來娃娃對於上次我把她變出來的八把剪刀都剪鈍感到耿耿於懷啊，沒辦法，這突然暴長的頭髮我也不知道為什麼，特別的難剪，往往剪不到幾刀就要報銷一把，如果不是每次剪完之後頭毛都會自動消失不見，我還真想拿幾根來研究下，研究看看那些因為附身而長出來的頭髮是不是根本來的有所不同。

想到這，我一邊撈著頭髮開剪，一邊問端坐在旁的青燈，「青燈啊，一般妖怪如果剪頭髮的話，掉下來的頭髮會消失嗎？」

『並不會，安慈公何出此言？』

「因為……妳看，」我鬆手讓剛剪下來的髮絲飄落，然後看著那撮頭髮在眾目睽睽中化作青煙消散，「不知道為什麼，我的會不見……」我無奈地道。這樣叫我以後怎麼去理髮廳啊？難道只能自己動手豐衣足食了嗎？

青燈驚訝地看著那陣由落髮形成的青煙，『奴家還是首次見到此事。』她靠了過來，探究的目光一股勁地看著我的長髮，『嗯……奴家也不明白這是怎麼回事，但，應當不礙事的。妖者的髮中蓄有力量，安慈公的長髮既然是與妖者產生共鳴的結果，那麼也就是象徵著安慈公的妖力吧……』

她猜測著，『只是這樣的妖力展現單憑安慈公一己之力很難辦到，所以在奴家脫離了附身後，一但脫離安慈公身體，就回歸為單純的力量，無法再具形體了。』

聽到這，我剪頭髮的動作一滯，「等等，那我的力量不就越剪越少？」囧。

『安慈公多慮了，您看，這些青煙最終都是在最靠近您的地方消失的，也就是說，它們會好好地回到安慈公身上，您不會有什麼損失的。』

「那就好……」只聽說有人光喝水都能變胖，還沒聽過有人光剪頭髮就能把自己剪到掉級，既然知道沒有影響，那我自然就放心的繼續剪下去。

好歹也是第三次操刀，雖然還是剪得亂糟糟，但……嘿嘿，人畢竟是會進步滴！再多剪幾次沒準我就能、就能……就能搆到一般水準了……

瞪著鏡子裡的最新造型，我皮笑肉不笑的給自己預設了一個美好的期望，同時決定之後有空要去買幾本髮型書，或是上網找美髮討論版逛逛，不管怎麼說，自己摸索絕對比不上尋找現成材料來學習的好。

反正念慈妹妹在設定上是學髮型設計的，那麼做哥哥的為了能夠跟妹妹有更多的共同話題，稍微研究一下這方面的東西也是無可厚非，這麼一想，就突然覺得念慈妹妹的存在也不是那麼糟糕，不但有很多東西都能往她身上推，還不用串供，多方便……

也許哪天該來完善一下念慈妹妹的人物設定，免得哪天又要被人問個措手不及。

收拾完一頭亂髮，我也到了離開鏡空間的時候，這一來一回，以時間感來說總覺得又過了大半個月去，不禁明白了爺爺能有那麼多本事傍身的原因。這麼多時間讓他花用，本身又是個酷愛鑽研的人，這種情況下要能成了個不學無術的那還真說不過去。

揹好包包，我帶上那件為了能順理成章地走進更衣室而隨意挑的襯衫，跟娃娃說了一聲後，就從著一個被召喚出來的長方形出口跨了出去。之前剛開始跟娃娃開口借道的時候，老覺得踩進去這樣橫在空中的一道白框很不踏實，但前後跨了這麼幾次，也就熟門熟路了。

出了鏡子，等娃娃將通道關閉後，我先是對著那大大的穿衣鏡前後看了看，確定沒有什麼奇怪的地方後，才拎著襯衫走出去。

這一踏出去，我就覺得整個人的頭皮都要炸起來了，一股寒意從背脊直衝腦門。

不為別的，就為了此時出現在這間更衣室面前的女人。她站得很近，近得我能聞到她身上的香水味。紙妖說這是香奈兒的最新款，我不懂香水，只覺得果然名牌還是有名牌的底氣，能夠被推出來的產品就沒有差的，味道很好聞，如果不是現在這種狀況，我想我是喜歡這個味道的。

「妳……妳好……」我強自鎮定，死命地放鬆臉上僵硬的表情，試著友好地跟對方打招呼，並且在心裡祈禱這女的只是個普通路人上班族，只是湊巧排在我後面買捷運票，剛好在同一站下車，很有緣地都來到了漢神巨蛋然後好死不死晃到同一家店，最後又因緣巧合到不行的跟我挑到了同一間更衣室……

而事實證明巧合多了那就不是巧合，世人更願意稱之為計算後的必然。

那女人手裡也拎著一件衣服，她盯著我看了幾秒後，原本只算得上清秀的臉突然變得豔麗起來，看見我從更衣室裡出來時展現出的錯愕表情也全部消失不見，換上了一臉玩味的笑。

「唷喔，你已經知道啦？這倒是比想像中的還有用嘛。」她說，聲音也變了，本來只是聽過就忘的路人款音色，現在變得軟軟酥酥的，很有柔媚入骨的感覺，周遭的氣氛在這一刻變得詭異起來。

果然是她！紙妖居然矇對了！這是傻紙有傻福還是天公疼憨紙啊？

我下意識地瞥了眼周遭，發現身邊竟然完全沒有旁人！這間店好歹是生意不錯的服飾店啊，我當初挑這間服飾店也是衝著它人比較多，方便混水摸魚才進來的，結果現在跟我說人員全清空了？這是被動手腳了吧！

震驚之下，我忍不住倒退幾步，直接退回了那間更衣室。正想著現在是該鑽回鏡子脫身，還是該硬著頭皮開問，沒想到對方居然順勢跟著走了進來，這讓本來只設計給單人的更衣間頓時變得十分擁擠。

就在那女人整個擠進來之後，更衣間的門像是被一雙無形的手拉動，自動關上。青燈跟紙妖不知為何沒有現身，任憑怎麼在內心呼喚都沒反應，我整個人被逼得靠到鏡子上，隔著衣物，背部傳來了穿衣鏡那有些冰冷的溫度。鏡子有一瞬間想要放出光亮，卻被對方一手搭了上去，直接掐掉。

這種活像柔弱少女被路邊小混混架到暗巷裡堵死的姿勢，讓我感到萬分尷尬，其中最尷尬的點是……喵的這性別顛倒過來了吧！我抬手就想推開對方，至少隔開一點別那麼有壓迫感，而且貼這麼近，我就算有什麼好招可以落跑也使不出來。但一抬手就發現這推也不是不推也不是，什麼？你問我哪裡不是了？

抬手起來的高度正好是人家的胸部啊！而且目測還是非常豐滿的……咳咳，什麼罩杯不是重點啦，重點是人家可是魔！我這麼一把襲胸下去搞不好就要見不到明天的太陽了！為了自個兒的生命安全著想，我立刻放下了才剛抬起的手，死命的把自己往後縮。以前一直希望自己能長得高大些、壯實些，現在反而希望自己能多渺小有多渺小了。

女人的外觀以肉眼可見的速度變化著，從頭到腳，連衣服都在跟著變，額頭上也浮現了爺爺說過的魔道圖騰。可能是因為曾經被淨化過，加上有仙氣制衡的關係，圖騰的顏色不是很深，樣式也算不上繁複。一邊變，她一邊跟我調笑。

「唉呀？沒想到還挺純情的～」她軟聲軟語地說。對於這點我很想大聲反駁，只是不敢碰女孩子的胸部就叫做純情的話，這標準未免也太低了，妳讓那些真的純情的人情何以堪？可這話我也就腦袋想想，半個字都不敢說。

「那個，可以請妳別靠那麼近嗎？」這樣我很尷尬，真的很尷尬。

「不喜歡？人類男子不都喜歡被這樣倒貼？」說著說著，她還真的更貼上來，垂首湊到我耳邊，「難道說，半妖比較特別？那你講講，半妖喜歡怎麼樣的？本座滿足你～」

本座？

我有點被這個自稱詞雷到，可能是刻板印象吧，我潛意識裡總認為自稱本座的應該都是男的，而現在突然有個千嬌百媚的女孩子這樣自稱，讓我的大腦迴路一瞬間接不太上來，然後這個……

滿足我？

且不提到底要滿足我什麼，這種有生命危險的豔福我才不想要！還有，為什麼我非得這樣被調戲啊！這是在耍我嗎？還是說看我面紅耳赤的很好玩？我有些惱怒，可這樣的情緒才剛上來，立刻就被對方一聲帶著低笑的軟語給澆熄了。

「嘖嘖，生氣了？真不知好歹，本座很難得這樣子去滿足別人的呢。」她說，語氣還是那樣柔膩，卻讓我把整個警戒線給拉到了底，一動都不敢動，連呼吸都小心翼翼。

要隱忍，不能在這種完全沒辦法跑路的情況下激怒對方，「沒，哪敢生氣呢，只是覺得這樣不太妥當……」

「喔～～」尾音拉長，她離開了我的耳畔重新與我對視，帶著芬芳的吐息輕輕地從我臉上拂過。這時候的她已經徹頭徹尾的變了個樣，長長的白髮看起來有如上好白綢，頭上冒出了一對毛茸茸的白耳朵，穿著……呃，身為一個純潔的好孩子，我不太會描述這種穿著，有興趣的朋友可以參考本書的彩色內頁……

我不著痕跡地打量著變身後的她，而她則是光明正大的打量我，秀美的鼻尖湊了過來在我身上聞嗅著，讓我整個如坐針氈。到底我身上是有什麼味道啦！一個個都這樣湊上來聞，青燈這樣、娃娃這樣，現在眼前這個又這樣！都不知道害臊的嗎！

我渾身僵硬地壓抑著自己想崩潰的感覺，半晌後她帶著好奇的眼神看著我。不過改頭換面後的她是飄在半空，所以是用一種居高臨下的姿態在看我。

「身上有特別的味道呢，去見什麼大人物了？」與其說她在詢問，不如說是命令的口氣。

「……跟牧花者喝了杯下午茶……」本來不想說實話，但腦子一轉，眼下這情況如果說謊也不知道會不會觸怒對方，直接把真相交代了沒準還能成為讓我跟對方平等對談的籌碼，至少別顯得那麼弱勢。好歹我喝茶的對象是牧花者，想對我動手的話應該會有所顧忌吧？

想到這，我難免有些慚愧。

牧花者對我這麼好，我卻拿人家當擋箭牌，噢，說擋箭牌可能有點不太恰當，這種情況比較像是狐假虎威了……

而事實證明，牧花者這頭老虎的名號十分響亮，而且極具威懾力。只見她那雙紫水晶一般的眸子一閃，身子稍微退了一點點，將我上上下下看了個遍，像是在確認我有沒有說謊一樣。最後，她哼哼地撇嘴，睨過來的那一眼可說是風情萬種。

「小子的後臺倒挺硬，這是在威脅本座？」

「怎麼會，實話實說而已……」我打著哈哈，腦中想起牧花者給的建議，這不就是我死命學符的目的嗎？雖然那些符現在暫時派不上用場，但既然魔都到眼前了……我硬著頭皮開口，「那個，妳找我有什麼事嗎？也許我們可以談談？」

「哼嗯，的確是需要談談，」她點頭，這讓我鬆了一大口氣，可下一句話卻差點把我嚇到腿軟，「去哪談好呢？本座那兒有張不錯的大床，容納兩女一男是綽綽有餘，想增加聊天氣氛的話，在天花板上加裝大鏡子也沒問題唷～你覺得如何？」媚笑吟吟，話中有話。

我覺得如何？呵呵，我覺得妳少算了一張紙……

我非常逃避現實的想，同時也確定她一定使了什麼手段，讓青燈紙妖還有娃娃她們沒辦法出來幫我……是說這樣也好，如果真的要栽，栽一個就好，全軍覆沒的話那才真的會完蛋，連救援都沒得等。

為了避免自己被各種意義上的生吃活剝，我果斷拒絕了這個聽起來充滿挑逗意味的提案。

「唉呀？你如果不喜歡大床的話，本座還有一個不錯的按摩浴缸，很大，全自動，聊起來很放鬆的。」

「不用了，謝謝，」不知道為什麼一個魔道的窩裡會有按摩浴缸，我滿頭大汗的再次拒絕，「我覺得去咖啡廳這類地方就可以了。」

「咖啡廳嗎？」她做出了失望的表情，一手按在豐滿的胸脯上，擺出了一副十分我見猶憐的姿態，「半妖真沒情調啊……」

這跟有沒有情調無關好嗎？我心裡吐槽，嘴巴上說的卻是：「怎麼會呢？咖啡廳那邊也是燈光好氣氛佳的，很適合談話不是嗎？」我說，同時在心底唾棄自己的狗腿。

「雖然適合談話，卻不適合辦事啊……」她很遺憾地看著我，臉上還是那副媚態。普通男人要是沒個戒心的話，這下肯定連魂都會被勾走，可在我眼裡，媚不媚美不美我都不知道，我只知道她眼底那令人心驚不已的寒意。

開玩笑，要真被帶去辦完事了我出來就只剩下枯骨了吧？不是想歪的那種，而是實際意義上的一架白骨啊！這個猜測讓我心中狂跳，死命扛著那可怕的視線，再三堅持自己要去咖啡廳的決定。

「好吧，既然你這麼堅持，那咖啡廳就咖啡廳吧，本座委屈一些就是……」她十分委屈的說，更衣室的門自動打開，接著她轉身就要飄出去——

「——等一下！」

在我意識過來之前，我已經拉住了這個原本令我恐懼不已的女人，隔著衣服傳來了冰冷的體溫，就算沒有直接碰觸也冰得我差點直接鬆手，天啊！這種體溫跟牧花者有得拚啊！這怎麼回事？難道只要修為高深之後體溫都變低嗎？

我胡思亂想著，手上拉得死緊不讓她飄出去。不過，我後來還是鬆手了，就在那女人微微側頭瞥了一眼我拉著她的那隻手之後，因為那眼神很明顯地透出一個訊息：要是我再這麼拉下去，這手就要不保了。

「做什麼？難不成你改變主意了？」

「沒沒沒，我們當然還是去咖啡廳！但是……」我遲疑地比了比她的衣著，視線努力避開那雙大部分都裸露在外的纖白長腿，「妳就這樣出去？」

「有何不可？」她挺了挺胸前的渾圓飽滿，直接飄在空中蹺起了二郎腿，赤裸的雙足晃啊晃，「剛才那模樣醜死了，跟本座實在太過不搭，只是為了藏在人群裡才弄出來的，既然現在都穿幫了，那本座又何必變回去？」她十分厭棄地道。

「這個，剛才那模樣是普通了點，但怎麼也能算上清秀，跟醜扯不上邊吧？重點是現在這邊人來人往的，妳這樣飄出去……會有麻煩啊……」衣服耳朵尾巴頭髮這些就算了，說是角色扮演就能混過去，重點是她飄在半空中啊！旁人看了要怎麼解釋？吊鋼絲嗎？

「妳可不可以先別飄，暫時用走的？」

「不要。」她一秒拒絕，厭惡的看著地面，「髒。」

我：「……」

魔什麼的，真難伺候啊……敢情這位不但是個M，還是個有潔癖的？我撫額，頭痛的想著該怎麼樣才能說服她，而這時，她不屑的嗤笑出聲。

「切，本座好歹也在人界行走多年，可沒你想的那麼無知。」她頗為鄙視的睨著我，我本來想抬頭問清楚，可目光才一抬就面紅耳赤的低下來了，為什麼呢？這一切都是角度問題，她此時正高高飄在半空中蹺著二郎腿，我這樣由下往上看……嗯，不多說，要是她這時候剛好竊聽我的心底話，我怕自己會被秒殺。

「我不太懂妳的意思……」老實地看著自己的鞋尖，我問。

「意思就是，除了你們幾個能看見本座這模樣，其他人都只會看見剛才那個醜樣子，」她慵懶地斜靠在什麼都沒有的空中，也沒瞧她動作，就這樣徑直地飄了出去，跟在她後面的還有一件衣服，「在門口等著，本座去結個帳，敢到處亂跑的話……呵呵……」

嬌笑中帶著威脅，而我愣了很大一下。

……結帳？

這魔居然還會去結帳而不是直接揣了衣服跑？有這樣的魔嗎？我整個人震驚無比，不過也趁這個機會，我將預備的符從包裡拿了出來，塞到隨手就能拿到的口袋裡，把其中一張直接摺小之後捏在了左手心。

好。我握緊掌中的符，這下總算有些底氣了，也就在這時，青燈跟紙妖終於出現了，兩個的感覺起來都很慌張。

『安慈公，您沒事吧？』青燈。

『安慈公您看！小生的預感多麼準確！那女人果然有問題！』紙妖揮灑著紙張，被我一把抓下來。

「我沒事，總之，紙妖你就別過去了，去鏡世界那邊安撫一下娃娃。」我沒忘記最開始時穿衣鏡是想將我接回去的，只是被那個魔按掉了，現在娃娃肯定也很擔心，「不知道為什麼，她沒注意到你的存在，所以你就是我們的第一保險，要真的出了事……就只能靠你搬救兵了，有沒有問題？」

『沒問題！這樣的重責大任就交給小生吧！』難得被交付任務，還是聽起來十分有分量的任務，紙妖激動之餘表示它一定能順利達成，接著就用無比的氣勢衝進我的包包裡，找到掌鏡鑽了進去。

看見它順利躲去了鏡空間，我心下稍安，其實，讓紙妖別跟去有兩個理由，其中一個真的是我剛說的那樣，要讓它當個保險，至於另一個理由……老實說，我很怕紙妖的白目會觸怒那個魔，而且只要有這貨在場，就很難認真嚴肅的說事情，所以只好先打發掉了。

不過，「它怎麼不走穿衣鏡？」

『安慈公，那面鏡子已經不能用了。』青燈搖頭，『那位魔者的能力超乎奴家的想像，方才也被鎖了一陣……實在可怕……』

「……連妳也覺得可怕嗎？」

『是的，奴家慚愧。』

其實更慚愧的是我，拿著襯衫，我在把衣服歸回原處後舉步往店門口走，心頭是既無奈又無力，「青燈，妳也先躲起來吧，這次找個隱密點的地方，別又被鎖了。」

『不，奴家要與安慈公一同面對。』小臉上滿是堅毅。

「不要緊的，妳好好躲起來，真出狀況的話說不定還能出奇不意呢，我不會有事的，別忘了在彼岸那邊，我真心想跑的話連妳都找不到呢。」當然，這種時候，我才不會說青燈找不到我的原因是她找的技巧實在太爛，爛到我懷疑妖怪是不是都沒玩過躲貓貓。

『這……』青燈有些猶豫，但考慮到她在外頭真的幫不上忙，所以最後還是點頭了，『好吧，安慈公請務必要當心啊……』

「那當然，妳快去躲好，別被發現了。」

『奴家省得。』然後她就化成一團青煙消散，一眨眼就從我面前消失。

好啦，這下兩個都安排好了，總該沒問題了，我想著，然後低頭看了看手錶，嗯，如果不要超過一小時，還是能趕上七八節的課，只是阿祥點的那些東西可能要等下次了。

就在我想著該怎麼安撫阿祥時，一陣香風襲來，眼前一晃，那個魔者依舊故我地蹺著二郎腿飄了過來，然後不管三七二十一的就把手中的袋子塞到我手上。

「幹嘛？」不會是要送我穿吧？什麼惡趣味！

「自然是要你替本座拿好了。」她說，雙手環胸，將那對胸器抱得更加高聳……

「……那個，我說啊……」眼觀鼻鼻觀心，我目不斜視的看著手中的袋子。

「嗯哼？」

「以一般眼光來說呢，女人要端莊矜持一點會比較好……」我很委婉地說，試圖讓她能夠飄得正常一些，至少別是這種兒少不宜的姿勢跟動作。

不過，她顯然對此不屑一顧。

「女人需要端莊矜持是吧？」她似笑非笑的看著我，「既然你都說是『女人』才需要了，那麼本座自然就不需要啦～」

因為妳是魔不是人嗎？

我雙眼放空的想著，也許我剛才應該把範圍拉得更寬一些，直接說「女性」需要端莊矜持的話應該會比較好。可惜現在改口也來不及了，我也不敢繼續勸說，就只好隨她去了。

「嗯哼……看來等待的時間裡你也不是光杵著……」瞇起一雙美目，她有些危險地盯著我，「另一個哪兒去了？」

「懾於大大的威風，暫時躲起來了。」不算說謊。

「哼，小聰明。」她哼了哼，頗不以為然，「走吧，既然要本座委屈地遷就咖啡廳，那地點就得由本座來挑。」

「是是是……」

「錢自然也是由你來付。」

「什麼？」我心頭一驚，這個，雖然錢不至於不夠，畢竟今天為了採買茶點所以特地帶了不少出門，可要是這位大大找那種超貴的店……「我、我怕我的荷包不夠……」

「你想跟本座討價還價？」剎那間，周遭彷彿連空氣都要凍結。

「不敢！您喜歡哪就是哪！」感受到那強烈的冰寒，我一秒就縮了，同時替自己的錢包哀悼三秒。

「這才對。」媚笑，這下四周又春暖花開了。

魔什麼的果然很喜怒無常，跟了我二十年的心臟君，你要挺住啊……

我一臉如喪考妣地跟在魔後面，最後的目的地讓我驚訝了，因為居然是星開頭克結尾的那間，以價位來說的確是有一點，但完全在可接受的範圍。我本來還以為她會去找那種一杯五百塊起跳的地方狠狠宰我一頓呢。

「好，我要黑摩卡可可碎片星冰樂，特大的。」

……妳一定要挑這種價位的嗎？

我含淚上前跟店員點了她指定要的，再幫自己點了杯普通的冰咖啡，接著當然是我拿著飲料跟在她後面找位置坐下，也不知道她做了什麼，我們坐下之後，附近的客人就一個個迅速解決完桌面上的東西然後離開，我們的座位這邊頓時變得十分空曠，之後也沒有人坐過來，好像這區座位根本不存在一樣。

清場前後不到三分鐘，我看看空蕩蕩的周圍，再看看早已開始享用星冰樂的她，一時之間竟是不知道該怎麼開口才好。

總之……「我是左安慈。」先自我介紹好了。

「嗯哼，」這她早就知道了，舀起一團奶油，她心情不錯地吃著，「本座名為白鳳。」輕巧地將名字說了出來，讓我吃了一大驚。

「這個，直接把名字告訴我……沒關係嗎？」該不會打著要殺人滅口的主意才這麼乾脆吧？

「無所謂，本座早就不是妖了。」白鳳淡淡的說，身上散發出來的氣質跟剛才大相逕庭，沉穩、平靜，一直掛在嘴角的媚笑也盡數隱去，換成一種……該說莊嚴嗎？本來妖冶的模樣現在半點都看不到了，美還是很美的，只是這種美帶了點中性的俊，莫名地透出了仙風道骨的味道。

這樣的轉變，讓我一瞬間忘了她其實是個魔，好半晌才回過神，本來還想對此發表一些讚嘆恭維還啥的，可才剛想開口，我就立刻見識到了什麼叫做魔者的高度不穩定性。

「好啦~你說想找本座談談，其實本座也想找你談談呢。」只見她勾出一個明媚的笑，參雜著誘惑跟各種成熟魅力的氣息迅速撲面而來，剛才那如水的沉靜氣質就像我的幻覺一樣消散無蹤，「是你先說呢？還是我先說？」

「我先說好了。」我怕妳先說的話，說完之後我就沒機會說了。

「唷喔，好大的膽子，敢搶在本座之前說話？」她面上迅速冷了下來，風雨欲來。

「……那妳先說吧……」雖然很怕在聽她說完之後自己沒得說，但這勢頭感覺起來，好像沒讓她先講的話自己就連想聽她說什麼都沒機會了……

「嗤，本座才不屑跟你這樣乳臭未乾的小鬼爭。」撇嘴，她美美地又舀起一大把鮮奶油入口，美眸因為到口的滋味而滿意地瞇了起來，「你說吧，本座姑且先聽著。」

……

……

妳好煩啊！

臉上神色不變，我在心裡這麼吶喊著，同時深刻地體悟到一件事。

爺爺說的沒錯，魔道什麼的，真的很難溝通……

「小慈啊，聊天是一種藝術，」爺爺說，遞了一塊糕點過來，「而不管是什麼樣的藝術，它都有一個千古不變的需求。」

「唔唔嗯嗯？」什麼需求？因為嘴裡塞滿了糕，我含糊不清地問。

「那就是耐性。」

爺爺笑彎了眼，心情十分愉快的摸著我的頭，眼神裡有著滿意跟笑意。

一直到很久以後，我才發現原來自己的耐性跟容忍力能夠這麼強大不是沒有理由的，而這個理由呢，它很悲傷的出在爺爺身上……

「**耐性也是一種藝術。**」爺爺的筆記裡記載了這麼一句。

「爺爺您是最大的異數。」提筆，我在後面吐槽了一句。

青燈・之五　片面的真實

真假一線隔
無謊也未必為真

如果不是小時候經歷過爺爺的刻意培養，我現在大概已經爆氣了吧，本來以為紙妖已經夠煩的了，眼前這個卻是有過之無不及，簡直是超煩入聖了啊我說。

為了避免對方再次反覆，我立刻將打好的腹稿給說出來。

「妳為什麼要大老遠的跑來我們這？」冒著可能會觸怒對方的風險，我硬著頭皮問道：「想要仙氣的話，妳身上就有不是嗎？那又何必特地跑過來？」

颼颼……

這話才剛出口，周遭就像極地冷鋒降臨似地迅速降溫，短短幾秒鐘，我的臉色就被凍得發青，整個人渾身哆嗦不止，一邊死命搓著手臂一邊努力在內心吶喊。

大姐、魔尊大大、老祖宗！不必這樣吧？我就是問一下啊，妳不想回答就算了，用不著把人凍成冰棍啊！

「你怎麼知道本座體內有仙氣的？」白鳳說，以她自己為圓心的半徑五米內呈現出一片陰風慘慘，要是再來點鬼哭神號就可以直接去拍鬼片了，「你調查本座？還是說……你是『那邊』的人？」

那邊？哪邊啊！如果不是精神夠堅韌，我現在大概已經快哭出來了，被嚇的同時我也發現魔道的邏輯觀念實在很差，「妳先冷靜點，我才剛知道妳的名字呢，哪來的線索去調查妳啊？」就算真的想也沒門路啊！「還有『那邊』是什麼？別那樣瞪我，我真的不知道啊！」

天可憐見，我就是個身家清白的普通大學生，莫名其妙成了半個青燈已經很離奇了，現在還要被個魔這樣迫問……我到底招誰惹誰啊？

從她語氣裡那種苦大仇深的樣子聽來，這個「那邊」難道是她的仇人？我在腦中猜測著，而沒有等到我正面回答的魔似乎心情非常不好，因為我發現桌面上居然開始結霜了……

「快住手！那是牧花者告訴我的，真的不是調查也不是什麼這邊那邊！」我急道，再繼續讓她這樣發作下去的話，沒準會讓她搞出個冰封三千里來，到時候樂子就大了。

聽見我說出原因，她先是瞇起了眼，像是在評估我有沒有說謊一樣，好半晌才輕輕哼了一聲，刺骨的寒意在這一聲哼下回攏，溫度緩慢地回升。

「人類都是騙子，但既然你有一半是妖，那麼看在妖者血脈的分上，本座就姑且信你一次。」白鳳冷冷的說，不知道是因為怒意還是其他什麼的關係，她的聲音跟剛才比起來也整個大變樣，不是那種軟膩柔媚的嬌嫩，而是帶著中性的低沉，聽起來很有磁性，這讓我大感頭痛。

樣貌變了聲音變了性格也時時刻刻在變，妳到底有哪裡是不會變的？稍微穩定一點會死嗎？還有，這話可不可以別說得這麼偏激？人類也不全都是騙子，裡頭還是有不少好人的，這種說法未免太一竿子打翻一船人了，莫非……

……我偷偷瞄了她那冷怒的豔麗容顏，這個，該不會以前被人類騙過吧？被玩弄感情始亂終棄什麼的，最後想不開就入魔了？

我在心底迅速編織了一段狗血八點檔肥皂劇本。承蒙阿祥的長期薰陶，這種戲碼我腦補起來可說是毫不費力，那堆被強塞過來的片子每片抓個十分鐘精華就可以搞出一套劇本來，真要開拍的話集數搞不好能跟《烏來伯與十三姨》看齊……

就在我腦內妄想不斷的時候，對面那位被我當成狗血女主角的魔道大大又恢復了正常，活像剛才什麼事都沒有一樣繼續進攻她的星冰樂，隨口回答了我剛才的問題。

「本座的確是為了那些仙氣而來，卻不是為了要吸收它們，」咬著吸管，她將剛才因為溫度驟降而被凝結成冰的水圈黏在桌面上的星冰樂給拔起來，「本座是來找人的，原以為那些仙氣是本座尋找之人所有，沒想到這次還是弄錯了。」說到這，她隱隱露出了失望的表情，但失望之中又帶著些許的慶幸，好像她其實並不希望自己找到一樣。

看著這樣的表情，我心跳快了半拍。

不是吧，說是要找人卻又擺出這種臉，難道真的是喜聞樂見的八點檔？想要千里追殺負心郎，卻又不希望對方真的被自己找到，最好能這樣一直你跑我追下去……

……等等！

我體內的八卦魂好像捕捉到了什麼不得了的東西。

她說本來以為那些仙氣是自己要找的人所有，然後體內又被種了仙氣，加上那種死命將仙氣維持在體內的M行為……該不會，她體內的仙氣其實是她要找的人種下的？這個對她始亂終棄的傢伙是個仙人？可牧花者不是說仙魔不兩立嗎？

啊！難道就是因為這樣才拋棄她的？不對不對，魔道這樣的存在連要談個話都很困難，何況要談感情？從這方面去考量的話，本來應該是一仙一妖的組合，兩個說好了要纏纏綿綿到天涯的，結果不知道發生了什麼事情仙人沒能遵守誓言讓妖入了魔，之後演變成相愛相殺……臥槽這是什麼樣的狗血劇碼啊！肥皂泡泡飛滿天了啊！

就在我心中被腦補出來的八卦搞得風中凌亂的時候，坐在對面的她突然重重地將星冰樂放下，狠狠地咬著吸管：

「那個騙子，就別讓本座找到……」

……果然是這樣嗎？

聽到她恨恨地吐出了騙子兩個字，我替自己剛才腦補出來的妄想蓋了個確定章。爺爺說過，魔者都是因為太過執著才會成魔，那麼對她來說，那個仙人就是她的執著了吧？

「找到他之後，妳要做什麼？」我有些好奇的問。

被我這麼一問，白鳳那雙好看的紫眸出現了片刻的恍惚，在她恍惚的同時，沉穩跟狂亂的氣質開始在她身上交錯出現，看得我膽顫心驚，差點要跟著精神錯亂了。

「大概，是要問個答案吧……」她目光有些遙遠地開口，又是那低沉的中性嗓音。因為這聲音的關係，雖然白鳳的容顏依舊豔麗，我卻在那份豔色中看到了一絲清俊，如果不是她的「胸襟」實在偉大到令人無法直視也無法忽視的地步，那張精緻的臉要說是個美公子好像也說得通。

聽到她帶了點不確定的回答，我心底默默地有些同情她。

入魔者果然都有著已經算得上是畸形的執著，都到這地步給人拋了還要問什麼答案？難道要問有沒有愛過之類的？如果只是要問這個，那我能肯定負心漢先生絕對會很乾脆的回答：「愛過」。可這樣的答案是她希望的嗎？能讓她的執念到此為止？

我不知道因執念而成魔的魔者在失去了心底的執著後會是什麼模樣，我也不想知道，但，「在得到答案之後呢？」我緊張的捏緊拳頭，那裡頭有我刻意摺小的符，「妳打算怎麼處置身上的仙氣？」這才是我最想知道的。

雖說白鳳對洛神妖仙散道的仙氣沒興趣，但如果她打算走魔化這條路的話，那可能還是免不了一拚，只是這個一拚……呵呵，我怎麼覺得這一集裡頭我想撞牆的次數這麼多呢？也許下次可以改撞一下天花板，這樣聽起來霸氣點。

白鳳恍惚得更嚴重了，連帶的，她那氣質錯亂的跡象也更加嚴重，臉上的神情一下平靜一下憤怒，一下像是要哭，可下一秒卻又笑了出來……

……救命啊！

心頭七上八下的看著白鳳在那邊玩變臉，我心裡實在害怕她會變著變著就突然暴怒翻臉，只能繃緊神經，要是狀況不對就立刻扔符走人。而在我心中那根弦已經繃到極限的時候，她終於停下了那很恐怖的恍惚式思考。

「不知道，本座尚未考慮到這些，」最後，白鳳悠悠地說，嗓音有些沙啞，「也許，待本座問到答案之後，就會知道該怎麼做了……」

問到答案之後才要決定嗎？看來就算被始亂終棄了，那個負心漢在白鳳心裡的分量還是很重的，也對，如果分量不夠重的話，她也不會執著到入魔了。

結果我的問題還是沒有結果，難得都咬緊牙根追問到這地步了，卻還是不知道她會偏向妖還是偏向魔，真是鬱悶。為今之計，大概只能盼著她在找到那個混蛋仙人之前就離開，最好是那個仙人根本就不在這，這樣不管她最後的決定是什麼都不干我的事了。

在心裡計畫著各種勸說詞，就在我連草稿都還沒打好的時候，白鳳涼涼地開口：

「好了，既然本座聽了你的『談談』，也回答了你，那麼現在該輪到本座跟你談談了吧？」她漫不經心地拿著吸管戳著星冰樂，而我則是挺直腰桿，一臉認真的準備聆聽她接下來的話。想來接下來的話題就是她為什麼會特意找上我的原因了，對於這個原因我還是很有興趣的。

「原本，這是該找人類來辦才好，但本座不相信那些虛偽的傢伙。」她鄙棄地看了看外頭的人潮，「本打算抓幾個小妖小仙之類的來替本座服務，可在去到那散道之地的時候，正好發現了你這半妖的氣息，所以自然是由你來給本座幫忙了。」

她說得一副理所當然，這位魔者大大的腦子裡似乎沒有關於「別人會拒絕」的這個選項。

我有些為難。

先不提我有沒有辦法幫她找到仙人，重點是她這樣的要求把我原本的打算全部都推翻了啊，我可是一點都不希望她在我這塊範圍裡找到人。

「這個，為什麼要找上我呢？」我試著把這份苦差推出去，「妳也知道我是個半妖，以能力來說跟一般人差不了多少，妳要找的可是仙人，隨便個障眼法都能把我矇過去，我就算有心想幫妳也幫不上忙啊……」

「誰跟你說本座要找的是仙人了？」

啊？「不是仙人？」我顯得十分震驚，不會吧，難道我剛才八卦腦補的那些都錯了嗎？可是，「妳本來不是以為那些散道的仙氣是妳要找的那個人所有嗎？既然這樣，就代表妳要找的人身上有仙氣吧？」

「嗤，」她用像在看笨蛋的表情對我嗤之以鼻，「又是誰跟你說身上帶仙氣的就是仙人了？真是的，這年頭的半妖怎麼這樣啊，沒什麼知識就算了，居然連這點常識都沒有……」鄙夷。

被鄙視了，但是我現在腦子有點轉不過來，沒有多餘的心思也沒那個膽子去反駁白鳳的話。

「有仙氣……也不一定是仙人嗎？」我呆呆的問。

「廢話，仙氣不過就是『道』的一種表現方式而已，又不是只有仙人才能沾。」她扯扯嘴角，然後丟出了一個最極端也最實際的例子過來，「本座身上也埋有仙氣，照你那說法，豈不是把本座也歸類到那群滿口仁義道德的臭傢伙裡了？」尾音拉高，話中的不爽就算是傻子也聽得出來，周圍的氣溫再次下降，降了十度左右。

我覺得我回去一定會感冒，這樣反反覆覆的升溫降溫誰受得了啊！

細細消化了白鳳的說詞，我再一次覺得自己對各界認識的太淺，可是哪裡有仙界常識可以讓我去補充？我不了解也是很正常的，「這個，既然對方不是仙人……那會是什麼？普通人嗎？還是妖？」

「不知道。」

「啊？」我錯愕地張大了嘴巴，「怎麼會不知道呢？」

「其實你剛才的話，也有一半是對的……」她看著我，神情有些落寞，「那傢伙以前的確是仙人，不過現在……我也不知道他現在變成什麼了，是人？是妖？又或者……入了畜牲道呢？」

畜、畜牲?!

我的臉有一瞬間的扭曲。這範圍是不是太大了點？而且從原本的仙人跳到畜牲這個落差也太悲摧了吧，悲摧到我想繼續八卦下去的心情都沒有了。難得遇上這麼狗血的八點檔戲碼，可如果男主角最後真的是條狗的話，那這戲還怎麼演啊？

就在我糾結得有些胃痛的時候，白鳳自顧自的搖起頭來。

「不不不……不會的，」她蹙著眉，有些自我安慰地說：「仙家輪迴，應該不至於淪落到畜牲道，而且他也沒做過什麼會墮入畜牲道的事……嗯，不會的……你少在那邊詛咒他！」猛地拍桌，她突然憤怒的瞪著我，看得我整個心臟都差點凍結。

「冤枉啊！」我什麼時候詛咒妳家負心漢了？人啊妖啊畜牲啊的都是妳講的耶！「我什麼都沒說啊！」

「哼，」撇過頭，她面色陰冷地將剛喝完的星冰樂空杯推了過來，「再去給本座買杯一樣的過來，剛才的事就不與你計較。」

「……」

魔者什麼的，真是不可理喻！

不過形勢比人強，不得不低頭，我還是乖乖的又去買了一杯黑摩卡可可碎片星冰樂。可惡，我的錢包啊……這一杯的價錢可以在便當街那邊買三個便當耶！還有找！

看著白鳳心情愉悅地開喝，我也只能默默喝了一口自己的冰咖啡，唉，真苦啊……

「那麼就說正事吧，本座要找的那傢伙，名為雪林——」

「——等等，」我抬手打斷，「妳剛剛提到仙家輪迴，所以他現在是輪迴轉世了對吧？」

「是這樣沒錯，怎？」

還怎？「既然都轉世了，那他肯定不叫這名字了，而且……」這話說來有點殘忍，但是，「他還會記得妳嗎？我是沒親眼見過忘川跟孟婆，可就像我完全不記得上輩子的事一樣，他應該也沒有記憶了吧？」

這樣，妳要怎麼找？這樣，妳找到了要怎麼問？

聽到我這麼說，白鳳沉默了很長一段時間，然後，一直盯著桌面的她抬頭看向我，一雙紫色的眸子清澈得不可思議。

「雖然同是輪迴，但他是以歷劫之名跳下轉生臺的，只要度過百世就能回天，所以仙魂裡肯定還有記憶，」她的執著像是一把火，燒得那雙眼晶亮無比，「在他回天之前，本座一定要找到他！」

「如果找不到呢？」

「那本座就追到天上去！」

她發狠地說，這下，換我沉默了。

不知道過了多久，也不知道是出於什麼原因，彷彿鬼使神差般，我的口中吐出了一句話，一句我事後都覺得自己怎麼這麼衝動的話：

「……我知道了，我幫妳。」

我聽到我這麼說，然後白鳳笑了，那是一種單純而真誠的笑，有如花開般燦爛。

爺爺，對不起，我遇到了一個還有一隻腳踏在魔道上的魔，她的確很美，但我卻沒有逃。在心裡為自己違背了爺爺的教誨道歉，耳邊開始聽白鳳說起各種事情，她說，她要找的人叫做雪林，本來是個道士，後來因為修行有成而升了仙，被仙家接去了天上。

我邊聽邊點頭，同時也拿這些新資訊更新了那些腦補八卦資料庫，把劇本裡本來的一仙一妖的組合重新上傳成一道一妖。

「那時候真好啊，什麼都不用想，只要跟在雪林後面就好，時不時看他闖禍，施錯法術把別人給摔了，或是把自己給摔了，亂摘野菇吃壞了肚子跑來找我哀嚎之類的……」帶著有些夢幻的微笑，她這麼說，然後皺皺眉，「不對，也不是什麼都不用想的，雪林那個敗家子，總是把錢財都散光，害我每天都要為生活費操心……」

白鳳說著，雖然話中多有埋怨，但表情很柔和，像是整個人陷入了回憶裡一樣，連「本座」這個自稱詞都沒用。不過我聽得有點汗顏就是了，因為她描述的畫面將我的那些妄想腦補給徹底顛覆了……以常態八點檔劇本來說，這個當保母角色在後面收拾善後的不應該是道士嗎？怎麼反過來了？

我還在這邊疑惑著，那邊的故事進展就慢慢來到了道士飛昇的部分，才剛開始說，周遭立刻颳起可怕的冷風，本來在白鳳臉上的溫和也迅速轉成憤恨。在那滔天的憤怒背後，還隱隱有一絲瘋狂湧動，這讓我立刻拉響了警鈴。

「等等！妳先冷靜點——」

我有些慌張地喊著，但是已經來不及了，就在我才剛喊出聲音的時候，白鳳的身上迸出了強烈的情感漩渦，像黑洞似的將我的意識整個拉扯過去——又或者是有什麼東西強烈地撞了進來——總之，不管是我被吸過去還是有東西撞過來，這一切都來得太過凶猛霸道，我就這樣毫無招架之力的陷入了一片黑暗之中。

在意識完全脫離身體之前，我彷彿聽到了青燈焦急的喊聲，『安慈公！』。她這麼喚著我，可惜我沒辦法給她隻字片語的回應，只能直挺挺地昏了過去。

醒來時，周遭是一片白雪靄靄，我好像來到了某個雪山，放眼望去全是霜白一片，頭上是紛飛的大雪，用一種似乎要將全世界都給染白才甘心的勢頭死命地下著。

好冷！

看到眼前的景色，我第一個反應就是要喊冷，可才剛要喊，就發現有哪裡不對，「不冷？」為什麼？以我這身夏天的裝扮，站在這種地方只要三秒就能變成冰棍，但現在……「我的媽啊！」為什麼我是半透明的！雪直接從身上穿過去了啊！我甚至能透過自己看到地面！

這個發現讓我驚恐萬分。

難道我死了？死在白鳳剛才爆發出來的漩渦裡？不會這麼倒楣吧囧？

我茫然地看著在大雪中半透明的自己，腦中亂糟糟的想著各種困惑的時候，身後傳來了腳步聲，這讓我狂喜得立刻轉過身去，然後我僵住了。

那是一個穿著道袍的人跟一隻雪白的大狐狸，如果只是普通的人狐組合我當然不會是這種反應，可重點是……這就是我夢到過的那個組合，跟阿祥一起夢到的，那場奇妙的夢。

這怎麼回事？難道我沒死只是睡著了？可就算睡著好了，怎麼又讓我夢到這個？一個疑惑還沒解決另一個疑惑又疊了上來，我只覺得頭大如斗。可當我聽見那個道士開口之後，我何止頭大如斗啊，簡直是雪中凌亂了好嗎！

「白鳳……」我聽見那個活像年長版阿祥的道士這麼說，他蹲下身，單膝點地的抱住了大狐狸那柔軟的身子，手上有一下沒一下的撫摸著白狐溫暖的皮毛，「我要走了，你要好好保重自己。」

『這句話留給你自己吧，』狐狸的頭靠在他的肩膀上，半閉的紫色眸子裡似乎藏著傷心跟不捨，『上去之後，術法什麼的都使得小心些，別再把丹爐給炸了，也別把自己給炸了，上頭可沒人幫你收拾。』清冷而低沉的嗓音，這聲音我聽過，是白鳳那堆變幻莫測的聲音裡頭的其中一個聲線，而且道士也的確叫牠白鳳了，所以說，這大狐狸就是那個白鳳？

我的目光呆滯的轉到那個道士身上，這令人眼熟到不行的長相，這種傻子一樣的笑，還有那場同步率高到嚇人的夢……

……噺……

我倒抽了一口冷氣，不是吧，對白鳳始亂終棄的傢伙居然是阿祥嗎?!

不不不，正確來說是很久很久以前的阿祥，記得，是叫雪林對吧？阿祥是他輪迴的其中一世？那場夢是阿祥的夢？我是被吸引過去的？可現在的阿祥不就是個普通人嗎？怎麼有那個能力把我引進夢境裡？

難道是他體內的仙魂想告訴我什麼？仔細想想，跟阿祥一起夢到的那場夢，正好是得知有魔道者前來之後才夢到的，也許真有什麼隱藏意義，可是……我不懂啊！

抱頭，一路推測下來讓我的腦子有種快爆炸的感覺，一想到這事居然跟阿祥有關係我就急得想跳腳，連自己目前還是個半透明不知道是死的還活的模樣都沒心情去在意了。

眼前的景象繼續上演，道士低聲交代著一些瑣碎的事情，白狐沒有說什麼，只是輕輕點頭，也跟對方叮囑著一些生活日常，然後，天邊有仙樂奏響，分別的時刻到了。

「白鳳，你在這好好修行，等哪天你修道有成了，我就接你上去。」

『……好，我等你。』深深的凝視了道士一眼，白鳳很慎重地說，彷彿這幾個字就是牠一生的誓言。

然後道士離開了，留下白狐孤伶伶的在這漫天飛雪之中。

修行、等待、等待、等待。

接下來呈現在我眼前的就是無止盡的等還有等，日復一日，春去秋來，雪山上的雪沒有一天停過，白狐也沒有一天離開。我看著那孤寂的背影，想著大概就是這樣了吧，白鳳等啊等、等啊等的，始終沒有等到雪林來接牠，然後就在等待中入了魔障之類的……

……我這麼猜想著，然而就像很多故事所說，我們明明早已知道結果，卻總是猜不到過程。

那一天，雪山的雪停了，終年飄降的冰冷就這樣毫無預警地停了下來，然後我看到那隻美麗的白色大狐狸像是感知到了什麼，渾身雪白的毛皮像是受到什麼驚嚇似地炸開，連尾巴都膨大了不少，看上去很有喜感。但是看到那雙紫眸底的驚慌，我卻是笑不出來。

山裡的動物像約好了一樣，一個個往山外拔腿飛奔，也不管在自己身邊跑著的是不是天敵、會不會轉頭一口把自己給咬死，牠們驚惶地衝刺著，像是身後有什麼恐怖的怪物在追趕，生怕跑慢了一步就會被吞吃入腹。

白狐也想跑，可腳下卻猶豫著沒動，神色看起來很掙扎。

雪林說了讓牠等著的……

一隻又一隻的動物從白狐身邊跑過，從最開始的密集到後來的疏疏落落，白狐還是僵硬地站在原地。一直到大地隱隱傳來了震動，牠才不甘地轉身，拔腿飛奔！

跑，必須要跑！不跑的話，牠連繼續等下去的機會都沒了！

然後我見證了一場災難，在大自然的力量面前，一切都顯得那麼渺小，白狐跑得很快，像一道風似的衝刺著。但很可惜的，牠也跑得太慢了，無論如何發足狂奔，牠仍然是落在了最後一批逃離的隊伍裡，而這批隊伍，將會是第一個迎接雪崩洗禮的犧牲品。

生存是一件殘酷的事，尤其當所有人自顧不暇的時候，它就顯得更加無情。

這是我第一次這麼近距離的看見什麼叫天崩地裂、什麼叫地動山搖，這突如其來的地震讓我整個人傻掉，如果不是因為我的視野會不由自主的跟著白狐跑的話，我可能會在原地直接被掩埋……噢不，其實也不會埋到我，因為我是半透明的，而且還會飄……

無語的看著自己跟在白狐身後高速飄飛的身體，這阿飄初體驗應該會讓我永生難忘，不過看著這些情況變化，綜合分析從最開始看到現在的內容，我大概猜到自己現在是個什麼狀況了。

眼前的這些，是白鳳的回憶吧？想起自己在變成阿飄之前所感覺到的那一片黑暗，這個……難道是我的意識被扯進回憶世界裡了？

當然，也可能是白鳳散溢出來的情感被我接收了過來，只是訊息量過於龐大，一瞬間把我腦袋灌到承受不了的地步才會眼前一黑的倒下。不管是哪一種，可以很簡單的得到一個結論，那就是我的身體現在應該很快樂的在現實昏迷著。

再見了，我的抽考。

我含淚地想，腦子裡轉著等會醒來是不是應該衝出去給車撞一下，這樣教授搞不好會因為同情的關係而不介意我沒去考試的事實，甚至給我來個補考之類的……

在我胡思亂想的時候，耳邊突然傳來了悲鳴。

嗯，這句話可能有些語病，因為在這可怕的災難面前，四面八方都會有時不時的慘嚎發出，我會特別提出那聲悲鳴，是因為白狐牠為了這哀鳴聲慢下了腳步，然後目光準確地在身後的某個落石堆裡，找到了被壓在下面的一團灰白色物體。

是隻小狐狸，原先雪白的皮毛灰撲撲的，被不知哪來的落石給壓住，正無力地哀叫著。可能是知道在這種情況下不可能會得到任何幫助，小狐狸在哀了一陣子後，就慢慢地停下了叫聲，靜靜地趴在那裡，閉上了那雙清澈的眼。

這種時候折回去救一隻不知道能不能救得活的累贅，是很不智的行為。

生死有命。

有些神奇的，我能夠知道此時的白狐在想什麼，就像在用牠的觀點去看這段回憶一樣，牠的想法很清晰地在我腦中浮現。

要是死在這裡那就什麼都沒有了，約定、希望、未來……

……

……去他的顧忌！

白狐突然像發狠似的回衝，然後在被千萬積雪給壓扁之前，將那隻小狐從落石堆下挖了出來，叼著，拔腿繼續跑！

小狐瞪大了一雙錯愕的眼，眼底還是那樣清澈得不可思議，看得白狐很不爽，牠也不知道自己是發了什麼瘋，居然冒了天大的危險去救一個包袱回來，但是……

看著那隻小狐，牠覺得就像看到了遇到雪林之前的自己。

當年的牠也是在覺得沒有人會來救自己的時候靜靜地閉上了眼，然後被雪林七手八腳的從雪地裡挖出來，然後才有了現在，才有了未來。

牠也想試著給小狐狸一個未來，但很可惜的是，小狐狸的身體太虛弱了，而現在的時機又糟到不能再糟，情況完全不允許白狐外出去尋找什麼藥物，連食物都不是很好找。這場地震之下逃出來的生靈實在有限，過去那些能成為食物的獵物都死得七七八八了，如果不是白狐身懷修行，別說找食物了，搞不好還會直接變成別人的食物……

因為災後的生存條件實在太過嚴苛，所以後來就算是牠試著將自己的氣渡給小狐狸，甚至把自己的血餵給牠喝，也只能替牠續命幾日，最終，白狐依舊沒能救回這可憐的小生命，這讓牠很難過。

小狐的眼睛一直到死前那一刻都很明亮，亮得如同黑夜的星子，在生命即將終結之前，牠凝視著那努力想要救活自己的大白狐狸，像在說謝謝，也像在道歉。

謝謝你，願意救我。

對不起，我還是沒能活。

然後小狐閉上了眼，永遠地睡著了。

白狐守著小狐狸的屍身，沒有讓牠成為任何生物的盤中飧，只是守著，然後在天地的餘威結束之後，將小狐狸的屍體埋回了雪山……嗯，本來應該是雪山的地方。因為山崩地裂的關係，整個山脈都不成樣子了，牠也只能憑著記憶中的方向替小狐狸找塊好地方，用曾經孕育著牠們的土壤將其掩埋。

『下次投胎，若還是狐狸的話……換個地方吧，別來這了。』看著那個微微隆起的土堆，白狐有些出神，『雪，太冷了。』

牠這麼說，然後離開尋了一個山洞替自己療傷。

是的，牠受傷了，在災難面前，就算是擁有道行的牠也沒辦法完全安然無恙，何況牠在這之前還死命的護著一個小生命，所以身上有傷也是很正常的。

白狐來到一個隱密的地方靜靜地療養，等傷好之後就在本來的雪山附近尋找一個可供靜修的地方繼續修行，繼續等待。然而不論牠怎麼等，都沒有半點消息傳來。

雪林，忘記牠了嗎？

有些迷茫的白狐有時候會這麼想，這種念頭一起，就再也消不掉了，不管牠在心底如何替雪林辯護，「毀約」跟「欺騙」這兩個詞，都已經牢牢地黏在牠腦中，而且逐漸地變大、擴散，終於，牠無法再等下去那天來了。

青燈將來。

已經走在妖道上的白狐清楚地感應到自己的死期，牠沒有時間也沒有機會再等下去了，但是雪林依舊沒有來，牠有些徬徨地在山林附近遊蕩。在那次可怕的大災過後，這塊區域又經歷了幾次小災，還有次是發大水，這大大小小的災變讓這塊區域整個大變樣，如果不是白狐對這附近實在太熟悉，可能也會認不出來。

唯一不變的只有氣候，這裡還是一貫的冷，而隨著死期的接近，白狐也覺得自己的心慢慢地冷了。

牠是等不到了，但是，如果雪林之後真的下來接牠，卻沒找到牠的話，會不會很難過？會不會以為自己沒有遵守約定？有沒有什麼辦法，可以讓牠捎個信息去天上呢？至少要告訴那個笨蛋，自己已經回到歸處，不必下來接牠了，不然只怕他會傻傻的找……

……他真的會找牠嗎？

白狐有些恍惚，又有些落寞，這讓一直在旁邊看的我在跟著抑鬱的同時，也覺得奇怪了起來。

有點不大對啊。

從白狐現在的感覺來看，雖然沒等到雪林這件事讓牠覺得很遺憾，卻也沒有什麼太強烈的憤怒。雖然有在懷疑自己是不是被耍了還是乾脆被忘了，可跟這份遺憾相比，那種懷疑自己被騙的情緒只是很小的一部分，不至於到會讓牠癲狂入魔的程度吧？

我困惑地飄在半空中，看著白狐鬱鬱地數著青燈前來的日子，妖道們對青燈的感應有遲有早，有些可以在大半年前就感覺到，有的卻是要等到當天才發現：「啊我今晚要掛了」，而白狐是屬於較早料到的那一種，距離牠被接走的日子，大約還有三個月。

區區百日不到的時光，究竟發生了什麼？

就在我想破頭也想不出理由的時候，那個理由很快就出現在我的面前，來得是那麼快、那麼令人措手不及，並且令人打從心底覺得寒。

天上來了人。

那是一個看上去很仙風道骨，滿臉隨和的老先生，「終於找到你了，剛在另一頭轉了幾圈，原來在這啊。」他笑呵呵的說，來到白狐的面前出示了一片玉珮。

那是雪林的玉珮，玉質不能說是上好，但那是雪林跟牠一起找到的第一塊玉石，在製成玉珮後雪林就寶貝地一直戴在身上片刻不離，上頭還封存著他與牠的氣息。而雪林為了怕自己會在無意間把這塊玉珮弄丟，在上頭還弄了個小法術，只要不是他親手解下，玉珮就絕不會掉。

看見這塊玉珮，白狐覺得自己被巨大的驚喜砸得有些暈了，幾乎是瞬間就放鬆了警戒，而我卻覺得有哪裡怪怪的，但真要說出什麼不對，又說不上來。

那個老先生在看到白狐的反應後，溫聲笑道：「你看出來啦？真聰明，沒錯，這是雪林的玉珮，他託我下來接你的，怕你不信，才讓我帶這個來。」

聽著老先生的話，白狐非常高興，雖然牠已經時日無多，但能在最後的時刻見到雪林那也是好的，重點是，牠沒有白等，雪林並沒有忘記牠。

白狐跟著老仙人走了，我也不由自主的跟著飄了過去，那個仙人說，帶牠上去之前必須先做一個淨身儀式，洗去凡間的雜氣，收拾乾淨之後才能上天。

聽起來很有道理，所以白狐也不疑有他，滿心期待的跟著老者來到了一個像是洞府的地方。接著牠就被老者慎重地招待了起來，讓牠一邊等待「儀式」準備完畢，一邊吃著各種沒有見過的仙果。

本來以為不會花掉太多時間的，但大半個月過去後，白狐有些著急了。牠的時間不多，每一天的逝去都是在削減牠跟雪林的相聚，所以在某天老者又帶著奇妙的果子來給牠時，牠跟老者提了一下。

「什麼？青燈？」老者的臉上滿是驚愕，差點連手中的盤子都拿不穩，「你大限將至了？什麼時候？」他問得太過急切，這讓白狐忍不住退後一步，面帶疑惑地看著他。

被白狐這樣盯著看，老者也知道自己失態了，連忙笑著將自己帶來的東西先放下，有些不好意思的說：「抱歉，是我沒考慮到這些，不知道你是否方便說得更清楚些，好讓我能調整下準備的時間。」

到底是要準備什麼？

白狐很疑惑，不過這幾天被好吃好喝的供著，正所謂拿人手軟吃人嘴短，都吃了人家那麼多東西了，牠也不好意思當面質問起來。

至於老者的問題，白狐並沒有說得很清楚，畢竟死期這種東西是很私人的，有些會覺得無傷大雅，反正都要死了那說出去也沒差，可有些就覺得那是生命中最後一次的祕密，只願意告訴最親密的人。

白狐顯然是後者，所以牠只回答了一句「快了」了事。

得到這樣不清不楚的答案，老者輕輕沉吟了下，「快了啊……」他看著白狐的眼神有些惋惜，「真可惜，這樣只好加快腳步了，要不到時候若來不及，那可是一大憾事。」他語氣真誠的說，彷彿在為白狐所剩無幾的壽命感到惋惜。

過沒幾天，老者說儀式已經大致上完成，便來帶白狐過去，「雖然還有些不足的部分，但既然時間有限，也只能先這麼將就著了，你放心，我一定會讓你見到雪林的。」他信誓旦旦地保證道，領著白狐來到一間巨大的石室，裡頭有一座不知道用什麼打造出來的大池子，乳白色的池水泛著清香，池邊擺了很多光看也知道十分珍貴的藥材，靈氣逼人。

「你只要進去那池子就可以了。」老者這麼說，然後就站在外頭看著白狐慢慢往石室中心的池子走去，滿臉和煦的笑。

白狐看著四周，這個石室只有一個小小的出入口，太過密閉了，牠本能的感到有些不安。

『這水是什麼？』站在池子邊，牠遲疑的回頭望去，牠的鼻子很靈敏，雖然周遭也混雜著各種芬芳香氣，但這不妨礙牠聞出池水的不尋常。那份清香是由許多種草藥靈植的香氣混合而成的，其中一部分牠不認識，而另一部分……牠最近一直在吃。

「可以驅除雜質的好東西，」老者說，跟平常一樣地笑容，「裡頭有幾味是可以改善體質的，這些日子替你調理的時候也讓你吃了不少，應該認得出來吧？」

『……嗯。』牠的確認得出來，這些日子吃了老者贈與的東西後，身體也確實覺得輕盈很多，牠試探性地伸出前爪探了探水，嗯，是溫的，應該沒有危險才是，但是與生俱來的直覺讓牠覺得不要跳下去會比較好，這讓白狐有些為難。

「怎麼啦？你不想早點見到雪林嗎？」發現白狐遲遲不肯進入池子，老者也沒怎麼催，只是不鹹不淡地在外頭說了這麼一句。

看著眼前的回憶，我突然有種不敢繼續看下去的感覺，這種感覺就像去電影院看鬼片，你知道裡頭一定會有鬼，卻不知道它們會在什麼時候出現、用什麼方式嚇你，只能繃緊了神經等著被嚇。

不過，如果是看電影的話，要是真的太害怕至少還能別過頭、閉上眼，而我現在卻連這點都沒辦法做到，就算閉上眼睛，這些回憶的景像還是會在我腦海中浮現，想不看都不行，當真是苦悶無比。

在老者說完那句話之後，白狐很明顯地震了一下，在池邊磨磨蹭蹭了一段時間後，才像是鼓足了勇氣似的泡了下去。水溫很適中，池子也沒什麼深度，白狐下去之後就算四腳著地也還能讓頭保持在水面上，整體上來說挺舒服的，這樣的發現讓牠鬆了一口氣，整個安心了下來。

「之後可能會有點熱，那是正常的現象，請稍微忍耐一下。」看到白狐進入池子，石室外的老者也開始動作，也不知道他在外頭做了什麼，布置在池邊的幾疊草藥開始一批批的落入池水中。

白狐一開始不以為意，只是好奇的看著那些藥草下水，有的落水後是飄在水面上，有的則是直接沉了下去，然後水溫就在那些草藥落水的過程中逐漸上升，再上升……

『……有點熱。』不安感再次攀升，白狐忍不住開口了。

「正常。」老者依舊笑著，從外頭往池子裡扔了一些藥丸狀的東西。

『你為什麼不進來？』

「因為那池水是為你準備的。」他說，然後從寬大的袖子裡摸出了一捆紅繩，在白狐反應過來之前朝牠扔了過去。紅繩在空中展開，迅速編織成一張鮮紅的網，有如一個倒扣的碗般朝著水池當頭罩下！

『?!』白狐驚愕的看著遮罩在頭上的鮮紅，下意識就想跳出去，但紅網散發出來的壓力卻死死地將牠按在水中，『這是幹什麼？』

「避免你受不了而跳出池水的防範措施。」老者依舊有問必答，笑容十足親切，「畢竟這得熬上七七四十九天，要是讓你中途跑掉，那可就功虧一簣了。」

功虧一簣？

感受著池水越來越高的溫度，隱約查覺到自己可能上了惡當的白狐，牠的一顆心跌落了谷底，『這不是淨化儀式嗎？』

「呵呵，仙家之人不說謊的，之前跟你說的淨化自然有包含在裡頭，不過，淨化的部分已經結束了，現在正在進行下一個階段。」

『……什麼階段？』運起力量開始跟池水抗衡，白狐的臉孔因憤怒而顯得猙獰起來。

「提煉藥性。」老者笑咪咪的說。

『你這個騙子！』白狐怒不可抑，抓狂似的開始往外衝，但無論幾次都被紅網壓回去，

『你說要帶我去見雪林的！』

「是的，我會帶你去見他，這是我承諾過的事，只不過……」老者看著被困在池中的白狐，露出了滿意的微笑，「是以丹藥的形式，去見他。」

池水變得滾燙起來。

於是，「鬼」露出了真容。

生死一線隔。

青燈・之六　雪林

輪迴百轉　魂依舊
驀然回首　事已非

看到白狐被迫泡在那滾燙池水中的模樣，我整個頭皮發麻，這得有多痛啊？沒想到白鳳居然經歷過這樣的酷刑……好吧，也許我之後可以再多容忍她一些，雖然她真的很煩又很難相處，除了溝通有障礙之外還附帶有詭異的人格分裂傾向，但一想到她被這樣折磨過，就覺得她會有這麼扭曲的性格也是在情理之中。

白狐持續在掙扎，只是在紅網的壓制下，這陣掙扎顯得太過無力，而且室內在紅網灑下之後隱隱有陣法與其呼應，這整間石室根本是一個設計好的牢。

『你別得意，雪林他……會幫我報仇的……』咬牙，白狐狠聲說道。聽見這句話，老者摀了下掌心。

「說到報仇，」聽到這兩個字，老者笑得更開心了，緩緩說出了讓白狐渾身僵硬的話：「這倒是提醒我了，我得感謝雪林呢，多虧了他，我才能找到像你這麼符合要求的材料，一個帶有仙緣，陰日陰時陰刻出生，身懷修行的雪狐……呵呵，算起來，真是要給他『報酬』才是呢。」

老者似笑非笑的看著白狐，「要不這樣吧，成丹之後，我不但帶你去見他，還分一半給他，想必他也會很高興的，你也能永遠跟他相伴……嗯，也算是皆大歡喜了。」

歡喜個鬼。

我無語的聽著這段可以說是致命一擊的話，莫名的，對白鳳同情了起來。身體被滾水熬煮著，心靈還要接受這樣的言語凌遲，這種傷害可不是單純的一加一等於二可以比擬的。

『……你、你騙人……雪林他……他不會……』不知道是痛的還是心痛的，白狐顫抖得更厲害了，牠滿心期待地等著見雪林，結果卻是這個人讓牠落入這個境地嗎？這是什麼爛玩笑！最爛的是它不是玩笑，而是慘烈的現實。

「不會怎麼樣？」站在石室外，老者狀似不經意地掏出一塊玉珮來把玩，就是那塊讓白鳳能這麼快就相信他的雪林的玉珮。

不得不說，這個仙風道骨的老頭很明白該怎麼做才能最有效的打擊人。

這塊玉成了壓垮白狐的最後一根稻草，看著那個玉珮，牠只覺得有什麼東西碎了。

玉珮上的術法，牠很清楚，那是牠跟雪林研究出來的小把戲，是雪林一邊嚷著紀念品，一邊嚷著傳家寶的硬拖著牠一起整出來的。如果不是雪林自願將其解下，那塊玉珮只會化為齏粉，絕不可能讓人這樣拿在手上。

因為過長的等待而慢慢累積出來的不信任感就在這個時候徹底爆發開來，這麼長的時間，這麼長的等待，一直到剛剛為止牠都還在說服自己，告訴自己雪林不是這樣的，他不會背叛牠，更不會出賣牠，可惜眼前所見所聞卻是扯碎了牠的心，痛得牠差點忘記自己正在被滾水烹煮這件事。

當心痛到一個程度，身體的痛覺就慢慢變得遲鈍了。

『為什麼……為什麼……』白狐那雙漂亮的紫眸漸漸失去了光芒，取而代之的，是某種危險的瘋狂，『我是那麼的相信著……一直在等……一直在等……』

空氣中隱隱聚集起不祥的靈氣漩渦，種種負面情緒開始堆積，憤怒、不甘、絕望、悲傷、痛苦……一個接一個的累加著，然後變質，再堆積，再變質接著又再堆積……最後這一切全部融成了一道跨不過的檻，解不開的結，以此成就了瘋魔。

看到這，我深深地嘆了口氣，就算用膝蓋想也知道接下來會發生什麼。我不否認自己對於白鳳到底是怎麼從那個老頭手中逃出生天感到好奇，不過一想到這好奇是建立在這種慘烈的基礎上，我就覺得興起這種好奇心的自己很混蛋。

不過，就像我之前所說的一樣，我們明明早已知道結果，卻總是猜不到過程，白鳳最後一定是逃掉了，否則也不會出現在我面前，至於怎麼逃掉的……

漫布在空中的紅色織網開始出現了被腐蝕的跡象，像是被燃燒又像是被融解掉一樣，一截一截地斷落在地，整間石室也冒出一縷縷黑色輕煙，原本牢不可破的困局漸漸鬆動，發現情況有異，站在門外的老頭也有了動作。

他為了這次煉丹可是砸下了不少東西，要是就此功敗垂成的話他的損失就太大了。

「唉，值得嗎？你若能乖乖入藥，老夫必定不會虧待於你，說不得還會許你一個美好的新生，你要是這般自甘墮落，那可就什麼都沒有了喔。」

貓哭耗子。

白狐冷冷的看著那個一邊說話一邊往石室裡扔符紙企圖穩固紅繩困陣的老頭，而我也忍不住對那仙人投去一陣鄙視。

說得真好聽，一副為了白狐的後路著想的樣子，其實只是怕白狐入魔之後身上產生的變化會壞了自己一爐丹吧？到時候就是竹籃打水一場空，什麼都沒有了。

看著那依舊繃著滿臉仙風道骨、凜然正氣的老頭，我忍不住皺起眉頭。這就是所謂的仙家中人？沒有什麼誤會嗎？不然怎麼會跟我想像中的有這麼大的落差？不過，爺爺也說過，這人有好人壞人，妖當然也有好妖跟壞妖，至於仙那肯定也是有好有壞的，不能光看人家頭上掛著一個「仙」字就覺得對方是好的。想來，眼前這老頭就是爺爺口中的仙家老鼠屎，專門壞粥的那種。

至於魔有沒有好魔跟壞魔，當年的我自然也問了，答案嘛……我只看到了爺爺的苦笑，然後就是自己被揉得亂七八糟的頭毛，如今想來，這問題還真的無解，就像現在要我說白鳳到底算好的還壞的一樣，我還真的只能苦笑了。

只是接下來的場面不但讓人笑不出來，還差點就讓我吐了出來。

白狐上岸了，在那濃重的負面氣息將那些紅網腐蝕得坑坑巴巴之後，牠終於成功地脫離了那可怕的沸水池子，爬上了岸。身上雖然沒有鮮血淋漓，卻絕對的恐怖猙獰，那究竟是什麼樣的慘狀我真的描述不出來，也不想去描述，真要說的話，我只覺得我短時間內可能很難再接受水煮肉這類食物了。

然後？

然後啊，我就看到已經徹底入了魔的白狐完全不管自己的身上的慘狀，就這樣發狠似地衝向那老頭。這讓我很驚訝，畢竟以常理來說，被燙泡到基本上只剩下骨頭是完好的白狐應該是連路都沒辦法走的，卻能跑得這麼俐落，難道入魔之後還附帶起死人肉白骨之類的功效？還是說這只是白狐完全靠毅力跟恨意做出來的？

看著衝上前拚命的白鳳，我心裡有些複雜，而在知道這一切也許跟阿祥那個死白目有關之後，我的心情就無法用複雜兩字來形容了。

那個仙家老頭對打架似乎很不在行，一被白狐近身就立刻落了下風。想來他也沒料到白狐會被刺激到直接入魔，先前為了取信對方也沒帶太多防身的法器在身，而且，就算不說妖跟魔之間的差別，光看一個只想著保命一個卻只想拚命的狀況，戰況會一面倒也是可以理解的。

仙家老頭的確有幾分本領，但是拚搏的時間拉長並沒有給他帶來額外的生機，兩邊經過一番生死搏鬥之後，嗯，我想我以後可能也不想再吃內臟類的食物了……

什麼？再然後？

沒有再然後了，因為畫面實在太血腥暴力，就算現在只是阿飄狀態，但看啊聽啊聞啊什麼的都功能齊全無一落下，所以我就在白狐把那老頭的心挖出來吃掉的時候再次暈了過去，暈過去的時候，只覺得滿鼻子都是血的味道，耳邊還充斥著哀嚎。

這是我第一次知道原來自己身上也有一顆纖細的玻璃心，一嚇就暈。

也不知道暈了多久，一直到那恐怖的血腥氣味逐漸被另一種熟悉又陌生的味道給取代之後，我才慢慢轉醒。一睜眼，映入眼簾的是一片白，周遭非常安靜，只有些微的腳步聲跟推著什麼東西走過的聲音，我有些困惑的瞪著天花板，腦袋瓜還陷在剛才看到的回憶衝擊裡，一時半刻轉不過來，然後就看到了慌張地出現在我視線正前方的青燈。

『安慈公！您終於醒了！』青燈擔憂無比的看著我，『您現在覺得如何？身子還好嗎？』

「還好，這裡是……」哪裡啊？還有，為什麼我有種全身上下都快散架的疼痛感？

『這兒是醫館，您已經昏迷好些時辰了。』她關切地說，這讓我很感動，畢竟有人能這麼緊張自己實在是件很美妙的事，如果她不是直接正座在我身上的話，我想這一切會更美妙。

「青燈，不好意思，妳可以先下來嗎？」躺在病床上，我有些尷尬的別過臉，這一別，我就看到正坐在旁邊捧著一碗東西在喝的白鳳。

「嗨，你終於醒了，」她不是很耐煩的看著我，神色看不出是喜是怒，說出來的話讓我有些如坐針氈，「怎麼樣？窺探過本座的過去之後，感覺如何？」

感覺如何？呵呵，我感覺到了殺氣……

心裡打著鼓，我表情非常僵硬地對白鳳乾笑了一下，勉力支著身子坐起，順便把一直在我胸口處正座、活像鎮煞石似的青燈給抖下去。看看四周，這個應該是醫院的病房，而且還是單間的……靠！單間？而且還有電視！這該不會是ＶＩＰ病房吧？

「我怎麼會在這？」這種有檔次的病房可不會讓個沒病沒痛只是昏過去的傢伙躺進去的，當下，我除了錯愕還是錯愕，而能給我答案的肯定只有白鳳了，問青燈的話大概只能得到一問三不知的結果。

「自然是本座看在那幾杯星冰樂的分上，大發慈悲將你弄過來的。」

「我能猜到是妳帶我來的，但怎麼會在這種病房？」

「哼，本座何許人也，怎能跟其他人共用一間？」白鳳說得很理所當然，我則是翻著白眼在想著這是哪來的大小姐脾氣。正想要開口告誡一下單人房很貴不要太浪費的時候，就看到她舀動著手中的塑膠湯匙，從碗裡撈了東西起來入口。

要是我沒注意到那還好，可偏偏白鳳的動作既優雅又好看，就跟牧花者一樣，吃個東西都能引人入勝的，所以我就忍不住細看了，結果這一看下去，我只覺得腸胃整個翻攪起來，整個人都不好了。

那是豬肝湯。

我瞬間就想起剛才還在眼前的畫面，還有鼻間的那股血腥，幾乎是瞬間，我也不顧身上傳來的疼疼抗議，直接翻到另一邊下床找到垃圾桶就開始乾嘔起來。

「唷喔？這是怎麼？本座吃個東西也礙到你了？」白鳳玩笑似的說道，美眸流轉，眼底隱隱有晶瑩紫光閃動，「還是說，你『觸景生情』了？噢，這成語用在這可能不大對，但你知道本座的意思的……」

半跪在地上，我面色蒼白的瞪向白鳳以示我的不滿，這傢伙太過分了！枉費我剛剛還覺得她其實很可憐應該要對她多忍讓一些呢，現在看來這種念頭根本就該冒出來！

我忿忿地想著，卻看見她很故意的大口咀嚼著肉片，這讓我非常沒用的再次乾嘔起來，只是不管我怎麼嘔都吐不出什麼鬼，只把喉嚨灼得難受。

「反應可真大，看來是窺探得挺徹底啊。」挑起半邊秀眉，白鳳放下手中的湯碗，蹺著二郎腿狀似無意地晃了晃自己的腳尖，「放心，本座的嘴巴挑得很，只吃騙子的心，所以只要你好好替本座辦事，態度誠懇不說謊的話，本座是不會對你怎麼樣的。」

聞言，我翻了翻白眼，看著白鳳那好整以暇的嘲諷臉下意識就想反擊，雖然我不曉得她是不是真的只對騙子下手，但有一點還是挺確定的，那就是，「妳才不只吃心呢……」我剛剛可是看著白狐把那老頭整個拆解入腹了，別說心臟，恐怕連肝脾肺腎膽腸胃啥的都吃了。

聽到我這麼說，白鳳先是愣了一下，表情有些微妙。

「這麼說，你看到了本座的『第一次』？真令人害羞……」媚眼如絲，雙頰飛紅，白鳳用一種異常曖昧的口氣說道，邊說還邊奉上幾聲喘息，聽得我差點一口老血噴出。

「妳就不能用正經點的說法嗎！喘什麼意思的啊！」憤怒加鬱悶，我只覺得腦袋又是一陣強烈的暈眩上湧，加上青燈那怪異又彆扭的表情，總覺得我就此歸入了腦中風的高危險群，「青燈，妳不要聽她亂說，不是妳想的那樣。」

『是，奴家什麼都沒聽到。』認真，接著飛快地避到了一旁。

「……」為什麼要臉紅？為什麼要移開視線？還有，為什麼又開始抄筆記了？

我無力的撐著床沿站起，頭還有點昏，身上也莫名的痠痛著，不太舒服，奇怪，難道這是剛才進行阿飄體驗留下的後遺症嗎？總覺得自己像是被卡車來回輾過一樣，低頭看了看錶……喔耶，五點了……也就是說我的抽考真的一去不回了……好想哭，讓我哭吧……

「幹嘛那副死人臉？」看見我整個人重新爬回床上癱著，白鳳語氣不善，「本座的過去有這麼難看嗎？」

「不是，跟妳沒關係，我本來有個考試的……這下完全錯過了……」虧我還拿著書去彼岸惡補功課，本來還想考個好成績大放異彩一下的，結果卻連考試卷都沒摸到，真是不甘心。

「喔，就這事啊？」重新將湯碗捧起來，白鳳美滋滋的繼續朝食物進攻，「放一百個心吧，已經幫你請好假了。」

「啥？」請假？聽到這話，我直接坐起身，因為動作太猛的關係，身上的抽痛讓我嘶的抽了口氣，「妳幫我請的？」一個魔居然有這種概念？我是不是聽錯了啊？

「什麼口氣？本座也在人世混跡數百年了，這點小事還是明白的好嗎？」她沒好氣的說，接著就從胸前（？）掏出了一個很眼熟的手機，「本座問了你身邊的那個燈妖有誰跟你比較熟，然後就line了他一下，說你從百貨的電扶梯摔下去了，人正在醫院，讓他幫你請假。」

啥？電扶梯？

「怎麼會用這種藉口？」都多大的人了還從電扶梯摔下去，這也未免太丟臉，幹嘛不說被車撞呢，這樣好歹可以拿個被害者的身分，可以拿到比較多的同情分。還有，那是我的手機吧？為什麼會從那種地方掏出來？妳就不能正常點放在外套口袋裡嗎？塞在那種地方讓我以後還怎麼平心靜氣的打電話啊！

「才不是藉口，」嚼著豬肝，白鳳涼涼的說，隨手將我的手機扔了過來，「本座最討厭騙子了，自然也不屑去說謊。」

「可你剛才說我從電扶梯……」接住手機，我心頭有不妙的預感。

「嗯哼，因為你的確從電扶梯摔下去了啊，」她笑容燦爛的說，「是本座親自踹下去的喔，還特地挑了比較長的那一道~呵呵，本座做得很乾淨，沒人知道你是被踢下去的。」

…………

……

算妳狠，難怪我渾身上下都在痛，原來是妳幹的好事！

「放心吧，不過就是一點小小的跌打損傷外加輕微腦震盪而已，既沒斷手也沒斷腳，休息幾天就沒事了。」語氣溫婉笑容可人，白鳳完全沒有道歉的意思，顯然這種把人拎起來踹下去的動作對她來說是種恩典，被踹下去的人非但不能抱怨還要對她磕頭謝恩。

「只是，沒想到半妖之軀居然跟人子沒什麼差別，脆弱得跟報紙似的，這麼不經踹，幸好本座當初是用踹人類的標準踢下去的，要是用踹妖道的水平，這會兒沒準就要造孽了呢。」

「那還真是多謝您腳下留情啊……」我齜牙咧嘴地忍著不適，低頭看向手機，上頭已經切到 line 的聊天畫面了。內容跟白鳳剛才說的一樣，開頭先打了個非本人之後，就簡潔地說明了我在百貨公司從電扶梯上摔下，現在正在哪間醫院、具體傷勢如何等等，完美地演繹了一個路過的好心人士，而對方則是關切了幾句之後，說下了課就過來接人。

嘖嘖，這白鳳還真是貼近潮流的魔，居然連 line 都會用，看來混跡人世數百年這句話不是吹的，而且還找得到願意過來接我的同學……嗯？等一下。

靠！

「妳聯絡了阿祥？」不是吧？看到line上頭的ＩＤ跟最後一條說要過來接人的訊息，我整個大驚失色。

「嗯哼，那個燈妖說你跟一個叫梁佑祥的人類小子關係很好，如果這就是你說的阿祥，那就沒錯了。」她抬碗將剩下的湯給喝光，然後就看到我慘無人色的臉，「又怎麼了？本座應該沒有找錯人才是，你這臉是要去給誰奔喪啊？」她邊說邊抽了一旁的衛生紙擦嘴，擦完後隨手一拋，讓紙團劃過了一個優雅的拋物線，直直落入另一側的垃圾桶內。

我只覺得我的心也跟那團衛生紙一樣墜落了。

不行，不能坐以待斃！

雖然不知道那個雪林的人品到底怎麼樣，當年是不是真的出賣了白狐讓牠就此墮入魔道，但阿祥這人我還是很了解的。別說什麼騙人背叛，他那顆什麼鬼話都能信的腦子就注定他這輩子跟說謊絕緣，白鳳又是這樣的喜怒無常捉摸不定，才相處不到半天就能切確地知道她到底有多危險，要是現在讓這兩個碰上了……

一個冷顫從背脊竄起，我的腦袋又是一陣頭暈目眩，也不知道是腦震盪引起的還是急暈的，可正當我想找個藉口讓白鳳先離開，免得跟阿祥撞上的時候，外頭傳來了有些急促的腳步聲，然後？

然後我開始認真的計算起自己在現實時間的二十四小時內到底興起多少次想撞牆的念頭，順便評估了撞天花板的可行性跟致死率。

理由無他，世人常說想來什麼就不來什麼，不想來什麼就會來什麼，這就像牌桌上你死命想要幾個筒子但怎麼等都是紅中白板一樣。

阿祥，颯爽登場。

「安慈！你還好吧？」當他那張帶著焦急的臉出現在門口，因為在醫院所以特地壓低聲量的聲音響起時，我很明顯地發現白鳳整個人都僵硬了。她這一僵，我就知道完了，雖然她是背對門口而坐沒有第一時間看到阿祥的臉，但那跟雪林幾乎沒有多大差別的聲音肯定讓她意識到什麼了。

大勢已去，吾命休矣。這是那個瞬間在我腦中閃過的八個字，而就在我還在慌亂的想著該怎麼讓阿祥逃出生天，至少別讓他在什麼都不知道的情況下就莫名其妙的掛在白鳳手上時，阿祥已經衝到我的病床前向竹筒倒豆子似的爆出一堆話來。

「天啊安慈，你的臉都摔成豬頭了，沒事吧？是不是腦震盪了？這摔法肯定是腦震盪了吧？我說你怎麼這麼不小心，從手扶梯上摔下去這需要多神準的步伐啊？喔對，報告我幫你交了，考試也不用擔心，我跟教授說了你人在醫院，他會給你機會補考的！」

語速飛快，阿祥一上來就是先劈里啪啦的說了這麼一大串，有些緊張的確定我身上沒少什麼零件後，這才轉頭看向已經整個石化掉的白鳳。

在我的眼裡白鳳還是那副打從骨子裡透出魅惑的妖嬈扮相，耳朵尾巴髮色啥的全都沒遮，不過在阿祥眼中的她似乎還是那個很普通的女上班族，看來就算身為雪林轉世的最有可能嫌疑人，阿祥那雙眼睛依舊一如既往的「看不到」。

「小姐妳好，我是他的朋友，就是line上面的那個，這次真的謝謝妳了！」他真誠的笑道，對著白鳳彎身大大鞠了一躬，然後我看到白鳳像被什麼給驚嚇到似的倉皇站起，大步退開避過了阿祥的這一禮。

「沒什麼，舉手之勞而已……再見！」她有些慌張的說，扯了包包轉身就跑，用一種幾乎算得上是逃離的姿態。

這個狀況讓在場所有是人的不是人的都呆住了，老實說，這完全出乎了我的意料，我本來還想著她要嘛大怒要嘛大哭，就算沒有直接上來甩一巴掌，也該走一段類似「怔怔地望著○○然後默默流下淚來」這種普遍會有的經典橋段才對，可她怎麼……逃了？

現在最該逃的首先是阿祥再來是我才對吧？為什麼會是她啊？

「這個，她怎麼跑了？」阿祥一臉呆愣的看著白鳳倉促跑開的背影，有點傻憨憨地撓撓頭，「我剛剛說錯什麼了嗎？」

「……你問我我問誰？」這問題我比你更想知道。

「真糟糕，我居然一來就把你的救命恩人給弄跑了……」阿祥訥訥地說，臉上浮現著尷尬與抱歉，「你有她的聯絡方式嗎？」

「你要幹嘛？」

「道歉兼道謝啊。」阿祥一臉認真，「雖然不知道我那裡嚇到她了，但禮貌上還是要道歉一下的，就算不道歉，也該好好謝謝人家。要知道現在社會多冷漠，願意這樣仗義出手的好人不多了，她不但送你來醫院還幫忙代墊了醫藥費呢，怎麼也該請吃頓飯什麼的吧。」

醫藥費這事我也知道，line上頭有寫，不過阿祥，你要是知道我其實是被你口中的這個好心人給踹下電扶梯的，你還會要我還她錢嗎？還有，人家可是千里迢迢翻山越嶺跨大海的過來找你要答案的，你不想著迴避就算了還巴巴地湊上去，這是想死還是不想活了啊？

滿腹牢騷欲語還休，我瞪著阿祥半天說不出話，最後只能把這堆鬱悶全部濃縮成一聲長嘆。

「以後會有機會見面的。」她已經看到阿祥了，就算不找過去她也會自己找上門，看來下次見面我的皮要繃緊一點了，「我們先回去吧，不好意思啊，還讓你過來接，答應要幫你買的點心也沒買……」

「唉唷，我們之間誰跟誰啊，你都摔成這樣了還掛念什麼點心啊。」看著我穿好鞋子下床，他順手幫我拿起放在一旁的包包，「對了，你哥那邊知道你摔了嗎？」

啥？我哥？聽到這句話，我整個人愣了一大下，我什麼時候多出了一個哥哥？

「你不是去探望你哥嗎？」發現我愣住，阿祥補了這句。

原來是在說牧花者。

「你這說法太讓人誤會了，那人不是我哥，是偶然認識的長輩，我們沒有血緣關係的。」為了避免哪天又得掰一個左○慈出來，我有些頭大的糾正阿祥的口誤，還有，「從電扶梯摔下去這種不光彩的事情，你以為我會到處去說嗎？」

對牧花者我當然會好好地彙報遇到白鳳之後發生的事，可摔電扶梯這段就讓我跳過吧，實在太丟臉了，我說不出口。

「啊呀，這麼不想讓人知道嗎啊哈哈……」聽完我這句話，阿祥有些尷尬的乾笑了下，看著他這樣帶著各種抱歉不好意思的笑容，我的心頭一沉。

「你……」

「我說出去了……」他訕訕的抓了抓頭，一臉無辜，「那個，你這消息畢竟很嚇人嘛，我接到訊息之後就直接叫出來了，也沒想到自己人還在教室，所以……安慈啊，其實摔電扶梯也不是太丟臉，凡事都要有初體驗嘛，這是很寶貴的人生資產……」手上搓啊搓，他陪著笑臉說道。

木已成舟，他都這麼說了，我還能怎樣？

只是一想到系上同學可能會有的各種目光，我就忍不住一陣頭暈目眩。

因為身體沒有什麼太嚴重的損傷，加上這病房住一晚的價錢可能會讓我的荷包吐血——金主白鳳已經跑了，我要住下去的話肯定得自己付錢——所以當阿祥問我要不要住院觀察個一兩天的時候，我很果斷的回絕了。

「可我怕你會有後遺症，」阿祥擔心的看著我，「你看你摔得鼻青臉腫的，腦子也不知道有沒有出問題……」

你才腦子出問題。

雖然知道阿祥是出自一片好意，但這種講法只讓人感到一陣肝火上升外加胸悶氣不順，同時，我抓住了他話中已經提到兩次的事，「我摔得很明顯嗎？」又是豬頭又是鼻青臉腫的，有這麼嚴重？

我狐疑地伸手摸了摸自己的臉，唔喔，這一摸之下還真有點痛。

「你還沒照過鏡子？」阿祥瞪大了眼，拉開了我的包包，從裡頭挖出掌鏡來對著我照，「喏，你自己看。」

就著阿祥端過來的鏡子，我湊了上去，然後心裡飆出了髒話。

(*&%Y$%$#*（嗶——）！鏡裡的那傢伙是誰啊啊啊！在鼻青臉腫的基礎上，我的臉在這瞬間看起來當真是精彩萬分，而阿祥很不看氣氛地繼續說道：

「剛看到的時候我真嚇了一跳，要不是知道你今天穿什麼出門，我還不敢肯定是你呢。」阿祥很沒神經的說，完全沒發現他現在的發言很像在落井下石，「該說色彩斑斕嗎？不不不應該是有聲有色才對，腫起來的幅度大概是你胖個二十公斤左右後會有的模樣吧，哈哈。」

笑屁啊。

忍著一拳揮過去的衝動，我反覆了幾次的深呼吸吐氣，在心裡默念著「認真就輸了」這五字真言，伸手過去把那掌鏡給闔起收好塞回包包，同時下了一個決定。

「我明天要請假，不去上課了。」頂著這張臉，我實在不敢面對系上同學，尤其是才剛剛發展成普通朋友關係的班代，我一點也不想讓她看見我這青青紫紫的豬樣，雖然一天可能沒辦法讓黑青什麼的消掉，但至少可以讓臉看起來不那麼腫。

「沒問題沒問題，你是該多休息，你自己去請還我去說？」阿祥很理解地點頭，本來想老樣子拍拍我的肩膀，但手才剛抬起就像是顧忌什麼似的放下，「你現在是傷患，要不我去幫你說吧？」

「不用，我自己去就好，比較有說服力。」免得教授以為我是藉故蹺課，畢竟從電扶梯摔下來這種理由實在太鳥，頂著這張臉去的話就不會被懷疑了，還能順便撈點同情分。

「有沒有帽子？」好歹遮擋一下，這樣走出醫院實在嚇人。

「沒，只有小外套，要不要將就一下？」

「……心領了。」罩個外套在頭上這會被人圍觀的好嗎，我的心理承受力低，不想這麼引人側目。

遮遮掩掩的很可疑，但又不想讓人看笑話，只好跑去附近的藥局買了口罩，多少起了遮擋的效果後才讓阿祥載著回學校。因為時間已經晚了，這時候就算教授還在辦公室我也不敢找過去，只好等明天再去請假了。

到宿舍之後，阿祥立刻自告奮勇的去買晚餐，身為傷患的我則是好好地享受了一把什麼叫茶來伸手飯來張口的貴賓級待遇。除去嚼東西時臉部肌肉傳來的隱隱抽痛，這頓晚餐我還是吃得很快活的，如果心頭的擔憂不要那麼沉重的話，我想這一切會更加完美。

看著阿祥，我的心情之糾結就有如那滔滔江水連綿不絕。

他的長相、聲音加上那天我們一起作的那場夢，很好的說明了阿祥就是雪林的事實。

但在這同時，他們兩個也完全是不一樣的，就算靈魂是同一個，在我眼裡阿祥就是阿祥，跟雪林那個道士半點關係都沒有！怎麼能把雪林惹下的債算到他身上呢？這樣根本就不合理……

……好吧，這種話也就是我這種沒嘗過什麼叫深仇大恨的人才說得出來，電視電影小說上那種恨一個人就恨到殺光人全家的事情多了去，搬到現實上雖然執行起來會有不少技術上的困難，不過真的發狠動手下去的也大有人在，像白鳳這種只追著單一目標跑的說不定已經算厚道了。

而且白鳳之前也沒有說在找到人之後要做什麼，只說了問個答案，但問完之後呢？這人是放生還放死？這點她大概連自己都搞不清楚吧。還有，我真的很懷疑她能從阿祥這邊問到答案？不管她的問題是什麼，阿祥肯定是一問三不知的，這要怎麼問？

想到這，我覺得阿祥最後會莫名其妙掛在白鳳手上的可能性實在是該死的高，可這事說起來又太離奇，就算才勸過阿祥寧可信其有，也不能一下子拿出這麼大一樁事要他信，就算我以我爺爺的名義發誓以下所言句句屬實，但是——

「你上上上……不知道幾輩子前，也許可能或許背叛了一隻狐狸，現在人家找上門來跟你要說法，到時候記得好好安撫人家，不然小命堪憂。」

這種話要是真說出來，我覺得阿祥只會立刻把我送去醫院，然後要醫生好好地照個X光跟腦部斷層掃描，邊說可能還會邊哭著喊道「好好的一個人怎麼腦子給撞傻了」之類的話。

唉，頭好痛，也許我真的應該去照個X光……

就在我這麼想的時候，被我拿去充電的手機傳來了訊息提示音，我也沒想太多，手一撈就拿起手機按開螢幕，然後在看到螢幕上那個大大的 line 訊息後，我差點就直接把手機給扔了出去。

『本座要見你，現在。』

瞪著這個訊息，我忍不住抽了抽嘴角，將螢幕解鎖後快速回起訊息來：『妳怎麼知道我的 line？』

『在醫院的時候順手搖一搖加的，廢話少說，快出來。』

順手搖一搖？我在心底再次驚嘆起來，我媽也會用 line，但她可不知道什麼搖一搖……這白鳳居然能把這種科技產品用得這麼順手，相比之下跟在我身邊的那三隻簡直弱爆了。

拿著手機，我看了看一邊已經沉浸韓劇世界裡的阿祥，深深嘆了一口氣。

算了，可能真的上輩子欠這傢伙的，反正現在伸頭是一刀縮頭也是一刀，不如就乾脆點赴約吧，早點把這事做個了結，我才能安心睡個好覺，『在哪見？』

『你們學校的交誼廳，本座已經到了，小子速來。』

要我頂著這個豬頭臉去交誼廳？這是什麼另類的羞恥 play？就不能選個人少一點的地方嗎？心中百般不願，但想到白鳳的高度不穩定性，為了自己的生命安全著想，現在暫時還是照著她的意願去做會比較好，不然我怕她會直接衝進宿舍，那樣就好玩了。

「阿祥，我出去一下。」

「嗯嗯。」進入看片模式的他顯然沒聽清楚我在說啥，只是下意識地點頭，而我就趁著他完全沒反應過來之前撈了口罩，迅速出門去，免得被他用「傷患要多休息這麼晚了就別出門了」之類的理由給攔截下來。

『安慈公，您真的要去啊？這會不會是鴻門宴啊？』消失了一段時間的紙妖在這時跳了出來，附在周遭各種宿舍公告怒刷存在感。青燈也在這時飄了出來，對紙妖的擔憂表示附議。

『是啊安慈公，魔者之心變幻莫測，不可不防，還請務必慎之。』

「你們的顧慮我都知道，可不去的話難道要等她殺上門嗎？」我頗為沮喪的說，現在的狀況是人為刀俎我為魚肉，不得不低頭啊，「放心吧，她暫時不會對我怎麼樣的，我就是想知道她想對阿祥怎麼樣。」離開宿舍，我往交誼廳的方向前進。

『祥爺怎麼了？』

『何以牽扯到祥爺？』兩妖同時發出了問號。

是了，作夢的跟被捲進回憶漩渦的都只有我，青燈跟紙妖還不知道阿祥跟白鳳之間的糾葛，會有這樣的疑問很正常，「白鳳要我幫忙找的人就是他。」

『什麼？祥爺竟是那負心之人嗎？』聽完我的話，青燈非常震驚，從她吐出的這段話判斷起來，之前在咖啡店那會她也偷聽了不少。

『什麼什麼？什麼負心漢？小生錯過了什麼八卦嗎？』紙妖比青燈更震驚，不過震驚的點完全不一樣就是了。

看著這兩妖的表現，我又是一番的深呼吸吐氣。

啊，頭真的好痛。

為了讓紙妖跟青燈心裡有個底，在前往交誼廳的途中，我簡短地揀了能說的部分說給兩妖聽，順便把青燈對雪林的錯誤印象糾正過來。要知道，就算雪林真的騙了還背叛了，那也不能說是負心漢，騙友情跟騙愛情這還是差很多的，至於白鳳對雪林到底是個什麼情這就不在我們討論的範圍了，畢竟她在被騙的時候還是隻狐狸，連個人身都還沒修成，誰知道她對雪林抱了啥心思？

不過，青燈會有這樣的錯誤認知那也怪不了她，畢竟在親眼看到白鳳的過去之前，我也一直覺得那雪林就是個負心漢，唉，都是阿祥灌輸的那些狗血八點檔害的，弄得我腦子裡盡是一堆肥皂泡泡，聽到什麼都往肥皂劇方向猜……

『如此說來，白鳳大人倒也是個可憐的主……』在我說完那段化繁為簡的回憶錄後，青燈如此感慨道，讓我差點跌了個踉蹌。

白鳳大人？妳居然叫她大人？

腦中有一瞬間的接受不能，大概是因為面容太過扭曲，不小心扯痛了還沒消腫的肌肉還怎地，我只覺得臉上傳來一陣火辣辣的疼，想開口說點什麼，卻又說不出什麼反駁的話來，整個人像吞了隻蒼蠅一樣不對勁。

『是啊，沒想到白鳳大大居然有這般悽慘的過去，但凡妖者，縱使被逼到了盡頭，也沒幾個會去入魔的。』紙妖跟著感慨，這讓我提了幾分好奇，放慢了腳下趕去交誼廳的步伐。

「這話怎麼說的？入魔是這麼糟的事嗎？」不就是太過執著所引起的一種……嗯，質變？在我看來其實魔者就是些情緒比較不穩定隨時都會爆炸的妖，用我流理解法來說，那就是妖道中的神經病，只是這些神經病都很強，才讓人不得不忌憚。可先聽青燈嘆了句可憐，再看紙妖這麼一寫，好像跟我理解的有所落差？

聽見我這麼問，青燈跟紙妖同時沉默了一陣，最後，可能是紙妖不擅長應付這種正經場面，噴了幾張寫著『今兒個夜色真美啊小生去摘星星！』的字條後就遁逃了，只剩下青燈留著跟我大眼瞪小眼。

無奈之下，青燈只好硬著頭皮跟我說起這其實她也不怎麼願意提起的話題：『踏入了魔道，那便不是妖了，即便後來得到淨化，也不會再被承認為妖者，』她的側臉看起來有些哀傷，『他們既無過去也無未來，僅有當下而已，一但消逝，將會比魂飛魄散更為徹底，再沒有任何歸處與退路。

而且，除了當初因何成魔、為何成魔的理由之外，其餘的記憶都會漸漸淡去。為什麼會這樣奴家也不明白……還有，傳聞中，大多數的魔者，最後都是死在自己手上的。』

也就是說，他們為了各自的執著賭上了自己的一切、拋棄了所有該拋的不該拋的，結局卻是沒有結局。

夏夜裡，我突然覺得有些冷，雖然還想再把步伐放慢，但交誼廳已經在眼前，而早早就坐在裡頭一角的白鳳也隔著透明的玻璃牆看到了我，讓我避無可避，也沒辦法再拖時間下去，只能先衝去交誼廳的便利商店買兩杯飲料，一個給自己壯膽的，另一個用來討好白鳳用的。買好了飲料，我慢吞吞地挪動腳步來到白鳳的對面坐下。

因為時間有點晚的關係，交誼廳本來就沒什麼人，這次也就用不著白鳳特意清空周遭，我坐下之後，先將那杯討好用的飲料連同吸管一起遞到她面前，才摘下用來遮掩鼻青臉腫的口罩，幫自己開飲料插吸管的喝起來。她沒開口我也不敢說話，一時間，氣氛有些尷尬。

埋頭喝飲料，就在我看著縮小後端坐在桌上的青燈，想著自己居然忘了順便幫她買個葡萄汁的時候，白鳳開口了。

「他忘記我了，」居然沒自稱本座，看來打擊很大，「看見我，居然一點要想起來的反應也沒有……就這樣忘記我了……」語氣之幽怨，面容之哀傷，儼然就是個深宮棄婦，實在怪不得我早先一股勁的把那段過去往肥皂劇方向想。

這種時候我該說什麼？也許該幫阿祥澄清一下……「其實，他沒有反應也是沒辦法的，阿祥他就跟普通人一樣，根本『看不到』，而且他還是個無鬼神論者呢，所以我這邊也不好跟他說什麼前世轉世的……」人家壓根就不信，壓著我去醫院倒是有可能。

「看不到？」跟我預期的有些落差，白鳳關注的點不是無神論，而是阿祥的眼睛，「不可能，他好歹也是仙魂轉世，沒有惹來一些亂七八糟的東西貼上去就很不錯了，怎麼會看不到？」

聽到這句質疑，我無語了一陣。

敢情那強大的吸怪力場就是仙魂惹的禍啊？從某個角度來看，這阿祥也算是個唐僧了，只是唐僧香的是肉，他香的是魂。

「他的確很常引來一些怪東西，不過他真的看不到。」我繼續澄清，順便替自己哀怨了一把，「同寢以來他招惹的……呃……道友們，都是我幫忙處理的。」

「同寢？你們住在一起？」再一次的，白鳳關注了我不太能理解的點，「真好……」她滿臉羨慕的看著我，然後又開始玩起了變臉，表情一下猙獰一下夢幻的，讓我看得如坐針氈。

「我們只是單純的室友跟朋友關係。」認真。

「哼，我們以前可是比你們現在更加親密要好的。」白鳳陰惻惻的的說，頗有較勁的意思，那雙美麗的紫眸盯得我直發毛。可就在我想著反正這也不是什麼事就要低頭服軟的時候，她搭在桌面上的手突地一個用力，將還算牢靠的桌子直接洞穿了五個洞……

……嘶，毀損公物是不對的啊……

看到那五個洞，我本來想說的話在這個瞬間全部吞回肚子裡，也不敢看白鳳現在是啥表情，只好低頭大口大口的喝起飲料來。

「說到這個，小子，你偷窺了本座的過去，這筆帳還沒跟你算呢。」洞穿了桌子後，白鳳像是宣洩掉什麼似的恢復了冷靜，重拾了一貫的自稱，纖纖素指有一下沒一下的敲著節奏，而我只想吶喊大人冤枉！

那不是我自願看的！我也是千百個不願意啊囧！

不過這種話在剛剛徒手洞穿桌面的人面前我實在說不出來，只好小心的陪起笑臉，「哪兒的話，妳看，如果不是因為這件事，還真不知道妳要找的人這麼近呢。」

「嗯，如此說來也有些道理。」白鳳沉吟了一下，到了這個時候，她才接受了我之前遞過去示好的飲料，開了包裝開始喝，「但是，幫本座找人本就是說好的，找到了那是應該的，所以你還是得付出代價。」

我咧！這什麼神邏輯?!

為了避免再次扯痛面部肌肉，我很努力的壓下了自己想狂抽的嘴角，「那，妳想怎麼樣？」我認了，同時發誓之後每天都要抽現實時間的一個小時去彼岸好好鍛鍊自己，好讓我在以後又遇上類似事情時，能從魚肉方翻身成菜刀方，就算不能成為菜刀，至少也要是個砧板。

彷彿早就想到要提什麼要求一樣，白鳳毫不猶豫的開口：「本座要你讓他想起來。」

「啊？」想起來？

「喚醒他的仙魂，本座要問他話。」

「啥？」錯愕到連續發出兩個單字，對於白鳳提出的要求，我感到一陣頭大，「那個，我只是個不會任何術法的半妖，這要求……不是我故意拒絕，但這實在太超出我能力之外了……」

「又沒叫你去喚，」聽到我的推拒，白鳳對著我狠狠地鄙視了一把，「你小子的能耐不過那麼屁點大，頂多也就幾張符紙還能見人，本座自然不會將這重責大任寄託在你身上。」

「可你剛剛說……」

「本座的意思是，讓你想辦法，不管是找人找妖找魔找什麼都好，反正過程不重要，你想辦法讓他醒來就對了，聽到沒？」霸氣的語氣加上霸道的指使，當下，我默默升起一種被霸凌的感覺。

「可我……」我根本不知道該找誰啊！

「不知道就去問，你身邊不正巧跟了個燈妖嗎，還是做過青燈的，肯定知道不少訊息，就算她不知道……」白鳳的話頓了一下，稍稍收斂了那張狂的霸氣後才開口，「你不是能跟那一位喝上茶嗎？本座相信，那位肯定會知道什麼的。」

「……老實說，妳是不是因為這樣才會這麼堅持的指定我幫忙？」因為可以靠我這邊的關係，間接得到牧花者的幫助？

「嗯哼，既然是可以利用的，本座自然要不遺餘力的用。」她非常大方的承認，右手伸了過來輕佻地抬了抬我的下巴，「怎麼，有意見？」

「沒，哪敢呢。」呵呵。

「好孩子，既然這樣，那本座就額外給你一點獎勵～」嘴角勾起一抹足以傾倒眾生的媚惑笑容，她那雙紫眸水汪汪的看著我，讓我打心底的發毛。

「不用了，本就是應該做的，怎麼好意思——」

「——你敢拒絕本座？」尾音上揚，威脅之意隱含其中。

我迅速縮了回去。

「哪敢呢……」呵呵……

「乖～」她笑了開來，右手放過了我的下巴，輕描淡寫地在我的左臉頰上拍了兩下，我只覺一陣舒爽的清涼從她碰觸的地方擴散開來，整個人舒服無比，如果她接下來沒有放話的話，我可能會更舒服，「那，本座給你三天時間，時間一到還沒個結果，你就一輩子這樣吧。」

說完，白鳳直接起身拿了飲料就走，當我回過神想問她這話是什麼意思的時候，她早已不見人影了，我摸著還殘留著清冷觸感的左頰，一時間有種搞不清楚狀況的感覺，好半晌才反應過來，剛剛那番話，是威脅？

是說我如果三天內沒想到辦法，就要我一輩子當豬頭的意思？

我困惑的想著，然後就發現一直很安靜地縮小正坐在桌面上的青燈欲言又止的看著我……的臉，表情有些怪異。

我的心跳不由自主地咯噔一下。

「青燈，我的臉怎麼了嗎？」

『嗯……奴家以為，外貌不過就是一皮囊，生時得之死時棄之，正所謂好壞皆出自本心，人子們也常說相由心生，所以……還請安慈公切莫掛懷……』她小心翼翼的說，每說出一句就讓我的心更沉一分。

我頗為僵硬地轉頭看向玻璃牆，外頭挺黑的，玻璃牆雖然映得不怎麼清楚，但要照出人樣還是綽綽有餘的，我看著上頭映照出的人臉，在那個剎那，我真是賭上了畢生修為才忍住沒有吶喊出聲。

本來呢，我以為整張豬頭臉就已經夠慘了，沒想到還有更慘的，那就是——半邊完好的臉配上半邊豬頭的臉，對比之下的視覺衝擊效果絕對能讓人看過一眼後就再難忘懷。

我悲憤了。

白鳳大大，跟妳有仇的是阿祥啊！為什麼要這樣整我?!這樣叫我怎麼見人啊！

『唉唷，安慈公，不過片刻不見，您的容顏變得比方才更加精采了呢，如此天造地設的容貌，實在令小生無比佩服！』紙妖從我手上的利樂包飲料浮現出字來，看到這串字，我的反應是用最快的速度喝光飲料，然後把包裝盒來個徹底的扭曲壓扁——扔進資源回收桶！

重新戴上口罩，我低頭快速往宿舍方向衝，也不用怕路黑還怎的，反正青燈飄在我前方，就像個發光的領路小精靈一樣，將前路照得清清楚楚。只是我當我從交誼廳趕回宿舍，站到門口的時後才發現自己忘了帶學生證——宿舍大門是要刷卡的——只好讓紙妖先鑽去宿舍裡把學生證弄出來，這才進得了門。

回到房間，阿祥還在看片，而且看得淚流滿面的，垃圾桶不可避免的累積了一堆紙餛飩，目測大概被消滅了兩包三百抽。這種哭法跟看法，我除了對他的淚腺表示讚嘆之外，就是對他的眼睛耐受度感到佩服。自同寢以來，幾乎每兩天就能看到他哭這麼一次，眼睛沒哭壞真的很神奇。

我有些慶幸的一邊摘了口罩一邊回到自己的座位，阿祥進入看片模式之後基本上就開起屏蔽功能了，我想他大概連我剛剛出門都沒發現吧，也好，這樣就不用解釋為什麼我突然好了半邊臉了。

因為又被白鳳扔了顆重磅炸彈的關係，我也沒心情再去逛網頁還啥的，早早洗洗睡睡比較實在！抱著這樣的心情，我很快就揀了衣服鑽浴室，只是在洗澡的時候我又忍不住在心裡痛罵了白鳳幾句。

雖然知道從電梯上摔下來沒鬧個骨折啥的已經是某狐腳下留情了，但身上這些瘀青不碰不知道，一碰就痛得我齜牙！當初就不能做做樣子嗎？施個障眼法什麼的騙過其他人眼睛不就好了？何必真踹……

……

……

嗯？障眼法？

洗到一半，我對自己這突然冒出來的怨念上了心。畢竟我現在這個樣子實在很難出去見人，要是沒被白鳳整那麼一道的話還沒什麼，可現在她這麼一攪和，別說明天去找教授請假，我就連等下出去都要估量著如何避開阿祥了，可如果用點障眼法……

之前在彼岸惡補逃命手段的時候，好像有看到一種符是可以改變自己的外貌，只是當時是以「逃脫」為主，所以就沒有在「躲避、隱藏」這類的項目上花太多功夫，現在看來，也許我該嘗試看看？就算最後整出來的模樣不太理想，也比現在這種半邊殘好得多。

我這麼想著，快速地洗好之後，為了避免阿祥會突然轉頭補衛生紙還幹嘛，我一出浴室就把外頭的大燈給關了。阿祥對於燈光突然全暗這件事沒什麼反應，畢竟他常常熬夜看片子，總不能為了他要通宵看片就讓我老是頂著大燈睡覺吧？所以此時他很有自覺打開檯燈，雷打不動的繼續看，而我則是迅速鑽上了床，開始思考白鳳之前扔給我的炸彈。
她要我想辦法喚醒阿祥的仙魂，說要問事情，但是……
「青燈啊……」壓低了聲音，阿祥現在戴著耳機所以我完全不怕他會聽到。
『奴家在。』
「喚醒仙魂這種事情，真的能做到嗎？」這種類似讓人想起前世過往的事情，怎麼想都很玄。
『若祥爺身懷仙魂之事確定無誤，那麼理論上是可以的。』
「那，妳對喚醒仙魂這種事有什麼看法？」
『？』端坐在我枕邊的迷你青燈很明顯地愣了下，『安慈公何出此言？』
「就是……」抱緊被子，我有些不安，「喚醒之後，阿祥還會是阿祥嗎？」我知道不管是阿祥還是雪林，他們的靈魂其實都是同一個，但要是很久以前的那個雪林「醒」了，那有了那些記憶的阿祥還是那個單純的他嗎？還是那個什麼鬼話都會信的他嗎？
人格的塑造來自於各種經歷，想起那些過往的阿祥，肯定會跟本來的不一樣吧？
『這……很抱歉，奴家未曾遇過類似的事，無法回答您，不過，關於醒魂一事，奴家倒是略知一二。』
醒魂？
聽到青燈這麼說，我暫時壓下了心裡的不安，認真的打聽起來，「說來聽聽。」
『妖道中，有一長於釀酒的妖族，據聞，該族所出的最頂級的酒，其芳香醇美，能醒世間萬物。』她緩緩地說，而我卻覺得這種描述實在過於誇張，因著剛才那份壓抑不安，我忍不住調侃了一把想讓自己輕鬆一下。

「醒萬物也太神，總不至於連死人都能叫醒吧？」我笑道，可當我看到青燈非常認真的看著我點點頭後，我笑不出來了，「不是吧，真能叫醒？」

『奴家從不言謊。』

靠，會不會太逆天？「到底什麼酒……」聽得我這個對酒沒啥興趣的都想喝喝看了。

『此妖族乃藤妖一脈的分支，酒，名為藤壺之酒。』青燈淡淡的說，說話的神情像在敘述一則遙遠的傳說，『能釀造出真正的藤壺之酒的，會被敬稱為藤壺君，同時，也將成為該妖族之主。』

釀出真正的藤壺酒就能當妖主？我挑高了半邊眉，根據這酒的逆天效果加上妖主的附贈價值，釀造的難度肯定超乎我的想像，但，「萬一同時有兩個妖釀出來，又或者都沒釀出來的時候該怎麼辦？」

『這……奴家也不好說，畢竟那是其他妖族的事，但截至目前為止，前者的狀況似乎未曾出現過，倒是後頭的情況發生過幾回，不過……』青燈歪著頭思索了一陣，『這支妖族十分特別，並不很重視妖主的有無，所以即使妖主之位長期空置，也沒造成什麼不良影響。』

唷，看來這些藤妖是一門心思全撲在釀酒上了，頭上有人他釀酒，頭上沒人也繼續釀酒，想來就算是世界末日了，他們也還是會繼續釀下去吧。以專業角度來看，這還真是讓人敬佩的特質。

「那現在的他們有藤壺君嗎？」

『有的，』她微笑了一下，『沒有的話，奴家就不會同安慈公提這些了。』

「說的也是。」我有些釋然地笑，換了個姿勢，仰躺著看向天花板，因為阿祥還在看片的關係，天花板有光影時不時地閃動著。

「藤壺之酒嗎……」

閉上眼，我悠悠嘆了一聲，然後陷入了深沉的睡夢之中。

要怎麼樣才能判斷「他」就是「他」？

記憶？靈魂？人格？或以上皆是？

阿祥，若我真的找來了那樣的酒，若你真的喝了下去……

……你，還會是你嗎？

卷四　白鳳鳴　完

青燈　番外之一

〈買點心的那些事〉

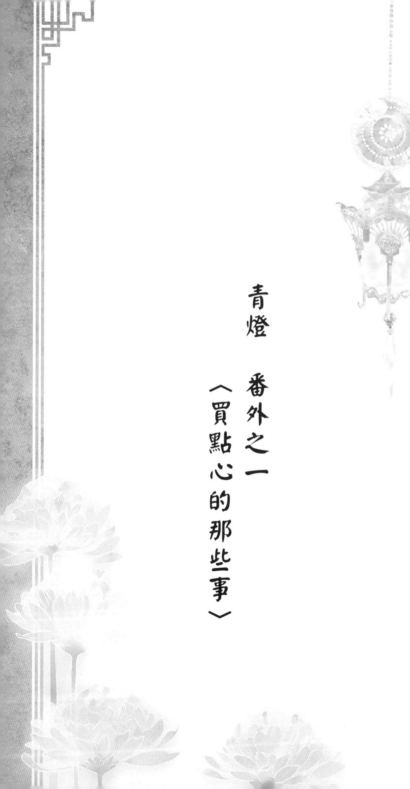

高雄漢神巨蛋。

對於某些喜愛逛街的人士來說，這裡其實是個不錯的好去處，有得吃有得玩，衣服、鞋子、化妝品……之類百貨公司會有的東西這裡都有，而且還時不時的會有一些展覽跟活動，像是動漫展、寵物展、演唱會啦什麼的，巨蛋這邊提供了一個不錯的場地。

交通方便，目標明確，對外地人而言很友善。

雖然很不錯，但我實際上沒來過幾次，記得上次過來這裡還是因為家聚的關係。那時候才剛開學，跟大家還不是很熟，原本不想參加的，卻被班上其他同學拉著過來蹭了頓不錯的飯，理由？學長姐請客，不吃白不吃。

當時那頓飯是啥味道我已經忘得差不多了，對我來說，飯菜本身的美味程度其實不是重點，一起吃飯的人才是最重要的，那天身邊坐的有大半是連名字都喊不上的人，飯菜再怎麼好吃也就是那樣了。

真要說的話，同樣都是快忘掉的味道，家聚那天吃的東西在我心裡，還比不上小時候跟爺爺一起吃的桂花糕。

平常日，巨蛋裡的人潮並不是很多，只有用餐的地方因為剛好是中午的關係，所以顯得比較熱鬧，但是這不妨礙我去買點心，我很快就找到阿祥推薦的店家，拿著他們的點單開始苦惱。

該買什麼好？我不知道牧花者的口味啊，而且這張簡易的單子上面只有菜名，大部分的菜名還非常具有「創造性」，要不是知道那名字代表的是一盤菜，單看名字的話還以為這是什麼充滿藝術文化觀賞價值的東西，文謅謅的根本不知道哪個是哪個……

『那就全部買一輪吧！亂槍打鳥必有一中，全買了去肯定會有大人喜歡的！』紙妖飛快地在菜單上寫道，對此，我只心動了半秒就將之駁回。

開玩笑，就算我真的有餘錢能把點單上的東西全買一輪，我也拿不了這麼多啊！

『如果是紙盒包裝的話小生可以幫忙拿！』

你要怎麼拿？

『飄在天上飛唄。』

滾。

拿著單子，我心底躊躇的轉上幾轉，想半天沒個結論，只好跟服務員要了一本上頭印著餐點實際照片的菜單，到外頭的候位區去慢慢思考，免得在門口打擾了店家的正常營業。

隨便挑了個比較偏僻的位子坐下，我掏出打火機把青燈給叫了起來，讓她一起幫忙想想要點什麼送給牧花者比較合適。本來呢，我是打著集思廣益的念頭讓青燈幫忙一起想的，但是當青燈知道我叫她出來的用意之後，那嚴肅慎重的模樣讓我一陣無語。

「青燈，放輕鬆點，我們要做的只是選幾樣菜……」妳別擺得一副要做出什麼生殺大決的臉啊，這是菜單，不是生死簿！

『安慈公此言差矣，』青燈認真無比的拿出了筆記小本本，『此等大事當需審慎思量，怎可隨便？您喚奴家出來不就是為了能將此事辦得更加穩妥嗎？請放心！奴家定會竭盡所能！』

「……」

我錯了，我不該把青燈請出來，我忘了她那不論什麼事情都能認真到讓人吐血的天性了，看著她一邊翻看菜單一邊做筆記的樣子，我忍不住捂臉呻吟，看來這次的伴手禮挑選會花掉超乎我預料的時間。

而事實證明，我的擔憂是正確的，因為當我提著由青燈紙妖跟娃娃這三隻「欽點」的幾包點心走出店家時，時間已經來到下午兩點……至於為什麼娃娃後來也參了進來？為什麼紙妖會在旁邊跟著鬧騰？有句歌詞在這裡可以很圓滿的回答這些問題，那就是：「不要問～不要說～一切盡在不言中……」

我在腦子裡反覆播放那句歌詞，整個人完全進入逃避狀態，免得自己會想起當時那位店員看著我的眼神。

『安慈公，現下是否要前往彼岸之處了？』青燈很滿意的坐在我手中提著的外帶紙盒上，迷你尺寸的她坐在上頭一點違和感都沒有，彷彿那些紙盒子本來就是拿來坐的一樣。

「是啊，在這之前先去娃娃那邊吧。」雖然青燈說過直接從人世開道去彼岸也行，不過那樣動靜太大，被看到的可能性也遠比鑽鏡子要高得多，現在人又是在百貨公司，想找個沒人又隱密的地方實在太困難了。但要找個沒人又有大鏡子的地方，可就簡單多了。

隨便找個稍具規模的衣服店家，抓件衣服到他們設置好的更衣室裡蹲一下就是，以彼岸那邊的時間來算，我回來之後說不準還得在更衣室裡待上一點時間才好出去。

正當我在賣場裡瞎晃，心裡計較著到時候該在更衣室裡頭待多久再出去時，紙妖又鬧騰起來了，或者該說，這傢伙就沒一刻消停的。

『安慈公安慈公！您看這件！』紙妖附在便條貼當中，很開心的把自己貼到了中意的衣服上，『這衣服看上去真襯您啊！要不咱就抓這件進去吧？』

我抬眼一看，心裡迅速飆出各式髒話。

那是一件米色的無袖長版上衣，襯衫領，整件衣服只在尾擺部位點綴了一些精巧的繡紋，第一眼看上去會覺得很樸素，但是看久了就覺得很簡潔大方，這衣服很好，色系也很好穿搭，但是……他喵的這是女裝啊！

「你在尋我開心嗎？」我冷冷的瞪著那件女裝上的便條貼，雖說男生來買女裝或是女生來買男裝都是很正常的，畢竟有一種社交行為叫做送禮，但如果一個男生拿著女裝走進更衣室那可就大大不正常了。

孤身男子提著一堆食物來逛衣服這種事本身就有些引人側目，還外加拿女裝進更衣室？這是想讓我被人當變態還是當紳士啊？

『但是這身真的很適合安慈公……』紙妖委屈的表示：『您看啊，只要下半身搭個熱褲再加雙小馬靴，簡直就是一系之花啊！』

「花個頭啦，再寫下去我就讓你直接開花！」我低聲罵道，而後心有所感地往我手中的點心盒子看去，果然看到了我預想中的畫面，這讓我忍不住在心中長嘆再長嘆，「青燈，請把筆記本收起來，這種事情不需要記錄……」

『咦？不需要麼？但奴家想多了解安慈公的喜惡。』

「……」如果不是兩手都提著東西，我一定會好好地揉一揉我的太陽穴。

於是我用一種速戰速決的姿態，隨便抓了件對眼的襯衫掛在肩上就鑽進了更衣室，沒辦法，再繼續逛下去，我怕自己的神經會禁不起摧殘。

「娃娃，麻煩妳了。」選了個最邊角的更衣間，我低聲對著懸浮在半空中的掌鏡說，裡頭傳來了鏡妖嬌滴滴的應話。

『沒問題，一點也不麻煩喔。』娃娃甜笑著，半個身子從掌鏡裡探出來。說真的，這畫面我每次看都覺得可愛到爆，雖然縮小後的青燈也差不多是這個尺寸，但不知道為什麼娃娃看起來就是比較萌。

這可能跟個性有點關係，娃娃總是笑笑的，青燈就比較嚴肅，就算縮小了尺寸也還是充斥著認真的氣場。當然可愛還是很可愛的，但就是讓人有種不敢放肆的拘謹感。

娃娃的鏡連結很順利，那面穿衣鏡很快就成了連結鏡世界的通道，我熟門熟路的跨了進去，眼前換成了一片綠意盎然，空氣中有淡淡的梔子花香，感受著這一切，我整個人就在這短短一步之間放鬆下來。

「娃娃，妳這裡真是好地方呢。」會讓人忍不住想一直待下去。

『真的嗎？』將鏡通道的入口小心地關上後，聽見我這句稱讚的娃娃顯得十分開心。而這份開心體現出來的結果就是，她這次沒躲樹後面看我了，而是躲在一個半人高的草叢後……

……不是吧，又躲起來了？那個拿衣服事件的後遺症會不會持續太久啊？上次過來跟青燈攤牌講事情的時候不是已經恢復正常了嗎？怎麼現在又縮回去了？

難道是因為我肩上掛著襯衫？

想到這，我忍不住想解釋一下：「娃娃，放心，不會再請妳幫我拿衣服了，上次是我不好，妳放輕鬆點……」

聽到我這麼說，娃娃躲在草叢後的身子先試探性地露出個腦袋，看到我尷尬的笑臉後，她兀自低頭思考了半晌，才慢慢地將自己給挪出來，模樣有些侷促。

『不是這樣的，其實，失禮的是娃娃……』攪著指頭，她小心翼翼的看著我，紙妖不知何時竄到了她的肩膀上，拿著兩個紙製小彩球在那裡做揮舞打氣狀，『紙、紙爺說了，外界的時代已經前進了很長一大段，很多風土民情都跟娃娃知道的不一樣了，所以……所以安慈公沒有不好，是娃娃不該用當時的規矩來判斷事情……』

說完這番話，娃娃的臉上似乎有些失落，又或者說是悲傷，像是在哀悼那已經不會回來的時間。仔細想想，她其實連自己所生的那個時代都沒怎麼了解過，一切就已經在她回頭之前消失了，只留下供人追憶的遺跡跟不知道裡頭寫了多少真實、參了多少虛假的歷史。

淡淡的無措，也許娃娃自己都不知道，她現在給人的感覺很像是迷路的孩子，前不著村後不著店的，迷失在漫長時間道路上的孩子，這讓我忍不住放下手中那些外帶的餐點盒，大步走上前去揉了揉她的頭。

如果不是怕會把人給嚇跑，其實我是想抱抱她的，但是考慮到連摸頭這個行為都很具風險性，抱抱這個更高等級的動作只能先放棄了。

「沒事，每個人的觀點本來就不同，娃娃有娃娃自己的標準，這樣很好啊，」我蹲下身子與她平視，淡淡地說：「用不著勉強自己去改變，我也不會要娃娃去變，妳只要順從自己喜歡的就好了，妳是妖，沒必要跟著人的時間走。」

我這麼說，然後看到娃娃瞪著大大的眼睛，水汪汪的十分可愛。

『安慈公……不會覺得這樣的娃娃很麻煩嗎？』

「怎麼會呢？覺得妳可愛都來不及了，」我手下壓了壓，怕弄亂娃娃的髮型，所以只是輕輕拍了幾下，「別想太多了，嗯？」

『……嗯！』她有些害羞的點頭，然後就像是回想起什麼好事一樣，燦爛的笑了開來，『安慈公，您果然是好人。』

「……呵呵……」謝謝，這是妳給我發的第二張卡了。

『跟娃娃的爺爺很像呢！以後，喚您安慈爺可好？』娃娃說，一臉期盼的看著我，而我則是在聽到這句話的時候感覺整個人都不好了。

安慈爺？爺？

我今年才二十歲啊！二十！在心底用力強調那兩個數字，雖然臉上還掛著淡定的淺笑，但我的內心已經是波瀾萬丈平地起，百般委屈無處宣。

「那個，娃娃……我想，還是叫安慈公就好了，聽著比較習慣……」我頗為僵硬地替自己爭取著，其實安慈公這個稱呼我也挺感冒的，但是跟爺比起來，我覺得公似乎好上那麼幾點。

『這樣啊……』娃娃看起來有些失望，不過很快就振作起來，『好的，那以後還是喚您安慈公吧。』

「嗯。」可能的話我希望妳能把公字也去掉，要論歲數的話我的年齡搞不好得開平方乘以一百之後才追得上妳，被妳敬稱為公什麼的實在很糾結啊……我暗自腹誹，然後回身挑了個餐點外帶盒，「對了，在過去彼岸之前……來，這份是給妳的。」

『給我的？』娃娃的眼睛亮了起來，頗為驚喜地接過我遞過去的盒子，可接過去後，她馬上遲疑起來，『真的可以拿嗎？這樣的話大人那邊會不會有少？娃娃沒有也沒關係的……』說著，她就想將盒子還回來。

「放心，」我把手按在盒子上，讓她好好收下，「這種的我買了兩份，就當作謝謝妳幫忙出主意了。」在挑選菜色的時候不只一次發現鏡妖的眼睛流連在這道點心上，想著自己一直都沒帶什麼像樣的東西給她，還老是跑過來打擾借道，更別提之後還要來學琴……再不做點表示的話，我都要不好意思過來了。

『安慈公！那小生的份呢？』紙妖第一時間跳出來刷存在感，『小生也有幫忙挑的！安慈公不能厚此薄彼啊！』

我：「……」

你一個沒有嘴的傢伙跟人要東西吃是鬧哪樣？我本來想這麼說，可是又怕「沒有嘴」這三個字會刺激到紙妖的神經，只好腦子一轉，推了個替代方案出來，「你當然有份。」

『在哪？』期待。

「東西吃完之後，紙盒就是你的。」

『成交！！！』三個驚嘆號表示紙妖現在的振奮，讓我不禁感嘆這廝實在好打發，而當我認為這次的分紅事件可以就此告一段落時，我發現坐在紙盒上的迷你版青燈正用某種說不明道不清的眼神看著我……

……不是吧！

「妳也想要？」語出，青燈飛快的低下頭，臉上表情沒什麼變，但這個動作給人一種羞赧的感覺，讓我好一陣無語。

青燈居然也對這些東西感興趣了，這該說是好事還是壞事呢？畢竟，能夠有這種「想要」的心情，就代表她已經越來越脫離燈杖的制約，自主意識開始冒頭了。但是，所謂的燈杖制約就是身為青燈的一種資格象徵，她如果逐漸脫離這樣的制約，是不是在說青燈的資格也慢慢離她遠去？

想到這，我在替青燈高興的同時也有著擔憂。

高興什麼呢？當然是高興青燈能慢慢地回想起本來的自己，說真的，那個燈杖的制約制度看上去的確很替接杖者著想，如果用現代點的話來說，就是為了員工的心理健康而設置的一個保護罩，讓她們可以在退休之後更好的享受生活。

但實際體驗過後，與其說這是個保護，還不如說那是一種剝奪，一種無情而冷漠的拔除，那種自己不是自己的、一切都與自己無關的感覺，每次體會都是一種心顫，所以對於青燈能慢慢擺脫這樣的狀態，我是很高興的。

至於擔憂……

雖然這樣想很矛盾，但我也是很害怕青燈會完全脫離燈杖制約的，畢竟那跟青燈資格息息相關，要是哪天她真的徹底脫離了，是不是也代表著她所持有的那部分資格會跟著脫離？而脫離之後的那些資格要是都跑到我身上來的話，那該怎麼辦？

這身半妖之軀根本掌控不了青火，甚至連歸還資格都有問題，要是因為這樣導致當年的悲劇重現——也許還會廢掉一枝燈杖——我是絕對無法原諒自己的。

『安慈公？』因為思考得有些入神，我整個人蹲在原地發呆，直到青燈跟娃娃都疑惑的看過來才回神。

『對不住，奴家給您帶來困擾了是嗎？』青燈有些抱歉的說。

『安慈公遇到什麼困難了嗎？娃娃能幫上忙嗎？』捧著點心盒子，鏡妖天真無邪的望著我。

『所謂一紙在手，天下——』沒等紙妖寫完，我直接一個排球扣殺式把那張紙給拍飛。

「沒什麼，只是剛剛突然恍神了一下。」起身，我沒有把剛才在心底的憂慮給說出來，除了是現在的場合不太適合說這個之外，我也很怕青燈會鑽牛角尖，太過認真的人要是真的鑽起來可是沒完沒了的，不說為妙，「時間也差不多了，我們過去吧。」

將肩上的衣服隨便找了個乾淨的地方掛好，我重新拿起那些外帶盒子，然後發現青燈那還有些糾結的小臉，這個，難道她還在想著分紅的事情？

「青燈啊。」

『是，奴家這就幫您開門。』從紙盒上躍起，她一個抽長就變成了原本的大小，攏著雙手的煙袖就想附身上來。

「不，我是想說，我也幫我們兩個買了一點，等一下可以跟牧花者一起吃。」本來嘛，傻傻的看著人家吃東西實在很奇怪，所以我在買的時候就把有嘴巴的人都算進去了，而阿祥的那份當然是等拜訪完畢出去之後再買，不然東西太多，我提不動。

想起手機裡那封阿祥傳過來的菜單訊息，我面上又是一抽，那個吃貨，難道是我平常拗他拗太狠了？居然給我點那麼多……

因為正在心底努力鄙視阿祥的關係，我沒有注意到青燈在聽完我說的話之後露出的表情，一種淡淡的、帶著安心的微笑，她笑著，然後手搭了過來。

瞬間，我的頭髮驟然變長，又一次地整個人「青燈化」，而正如先前所說，我實在很不喜歡這個感覺，儘管在那個當下我根本連不喜歡這三個字都想不起來。

「鏡妖……娃娃，」跟上次一樣，我試著讓自己不要那麼制式的喊人，「暫且別過，稍後再來看妳。」拎著外帶盒，我聽見我的聲音冷淡的說，然後是娃娃有些拘謹的一聲『慢走』，接著，眼前出現了火紅的道路，我跨了進去。

火焰一路鋪了過去，隨著我的步伐前進，與火焰相比也不遑多讓的紅花慢慢出現在視野之中，彷彿無邊無際的花兒們怒放著、嘶吼著、掙扎著，耳邊傳來了悠揚的琴音，伴隨著因為距離太遠而有些聽不清的歌聲，我很快就經由焰火通道抵達彼岸。

跟上次的面部著地不同，我這次很順利的用腳踏上了這片紅花之地，果然有經驗有差，摔過一次以後就知道該怎麼降落了。

站穩腳跟之後，彷彿知道我並不是很喜歡這種附身狀態，青燈很快就脫離了我的身體，而我則是理所當然的享受了再一次的情緒回衝，感覺實在不怎樣，而且……我看了看身後，不意外地發現一頭烏黑亮麗的長髮。

莫名地，腦海中閃過一句很蠢的臺詞：「待我髮長及腰，公子娶我可好？」

……

………

不，等等，為什麼會迸出這句？

我囧囧有神的傻在原地，而當我想起是誰灌輸給我這句話之後，只覺一陣無力襲上心頭。

紙妖，阿祥，前段日子這兩個傢伙像說相聲似的在那裡把這句臺詞當口頭禪，阿祥還編了個亂七八糟的旋律把這臺詞給套上去唱，弄得我那段時間裡耳邊跟眼前全是「髮長及腰」的無盡重播，而且紙妖的「髮長及腰」還是經過具現化的版本——它剪了一堆紙鬚鬚黏在頭上，然後在鬚鬚的底端弄了一個由腰字組成的分隔線，可怕的是這玩意還硬要黏在我的電腦螢幕上……

唉，近朱者赤近墨者黑啊，跟阿祥跟紙妖這兩個大白目在一起久了，我的思考方式也逐漸受到汙染，要換做以前，我肯定會對迸出這句話的自己感到絕望，同時對「公子」還有「娶」這兩個字眼進行撻伐，而不是像現在……我想的居然是「如果每次髮長及腰都要人娶的話，那得找多少人來娶我啊」這種鳥問題……

以某種角度來說，我其實對自己更絕望了，沮喪的垮下肩，我無奈的面對自己被白目病毒入侵的事實。不過後來我就知道這種程度的白目根本不算什麼，我再怎麼樣也只是個被傳染的，真正的強大的還是屬於傳染源的偉哉紙妖。

它在神不知鬼不覺的情況下替我綁了一個月光仙子包包頭，而當我發現這件事的時候，雲霧公車已經到站，牧花者就在眼前，一切已經來不及了。

看著牧花者那優雅的淺笑，我又一次的想撞牆。

而在這麼想的同時，我開始很認真的思考自己上輩子是造了什麼孽，所以這輩子才會被一個又一個的白目纏身，而且還個個都不消停。用某種角度來看，我的人生真是充滿著還債的節奏：追債的跳得歡，而被追的想把曲譜給撕爛……

紙妖，我們走著瞧。

『安慈公要代替月亮懲罰小生嗎？』紙妖躲在牧花者身後寫道，一整個小人得志貌，這讓我心中呈現一片怒火燎原。

不。我搖頭，重重地在心底說——

我會代替月亮撕了你。

番外之一〈買點心的那些事〉完

青燈

番外之二

〈爺爺的嫁衣〉

這是在離開彼岸之前，收拾的時候，發生的一件小小插曲。

當時我正在努力收拾煉符造成的殘局，比方說散落一地的失敗作跟實地操符試驗過後產生的一些碎紙屑，幸好紙妖整了幾個紙掃把出來，不然這一張張碎屑的撿還不知道要撿到什麼時候。

「唉，沒想到閃光符居然會製造出這些垃圾來，早知道我就跑到外頭再放了……」一邊掃著那些紙屑，我一邊嘀咕著抱怨，這一抱怨，我立刻就在紙掃把柄上看到了一串字。

『放閃是不道德的。』

「……」此閃非彼閃好嗎？而且就算我真的帶人來放閃好了，你覺得外頭那些花會介意這種事？

『話不能這麼說，』紙妖很認真，『萬一裡頭有因為情殺案才到這裡來的怎麼辦！』

……懶得理你。

我賞了紙妖一個白眼，繼續打掃，因為閃光符的碎屑是隨著那個光芒到處亂飛的，我只用了一張就搞得整間屋子都是。而且繪製過的符紙妖也依附不進去，只能慢慢地掃起來，青燈也在一起幫忙掃，而娃娃則是幫忙收拾茶杯器皿跟擦拭一些縫縫角角的地方。

在整理的途中，紙妖不只一次的企圖將我的頭髮再次綁成雙馬尾，幸好這次我早有防範，非常嚴厲地制止了它。

『為什麼？雙馬尾很好啊！小生先前辛辛苦苦綁的安慈公也給拆掉了，』紙妖委屈的抱怨著，『這樣披頭散髮的不好看啦！』

「哪裡不好看了?人家牧花者也是這樣啊,我就覺得美呆了。」雖然有推託之嫌,但我這句話是真心的,我真的覺得牧花者那披散著長髮的模樣很美。

紙妖再次在紙面上畫了個大大的嘟嘴表情,不過我才懶得理它,本來還想嗆聲說:有種你就去把牧花者也綁成雙馬尾,這樣我就跟他一起綁……之類的,可萬一這白目真的跑去這麼幹了那怎辦?所以這想法才剛上心頭就立刻被我掐滅成渣。

自己的話也就算了,我可不敢拿牧花者冒險。

雖然屋子有些亂,但在三妖加一人的努力下,周遭用肉眼可見的速度很快地恢復原狀,而當整理的進度來到尾聲時,娃娃控著掌鏡飄了過來。

『安慈公,』她從掌鏡中顯現出來,身後是由一堆紙張捧著的衣服,『這身衣服,紙爺說是要放回那邊的櫃子裡的,現在給您送去?』

衣服?什麼衣服?

我不解的回頭,然後看到了紙妖努力捧著的白色連身洋裝……啊啊……因為下意識的想遺忘自己穿女裝還被阿祥撞見的事情,我連帶把這件衣服的存在也給忘了,噢,印象中好像還有一雙涼鞋?

「嗯,是要放回這邊沒錯……謝謝妳……」我不太自在的道謝,接過紙妖賣力從鏡世界運過來的純白連身裙,還有被一堆紙張包得滴水不漏的涼鞋,頓時有種往事不堪回首的感覺。

趕快放回去然後當沒這回事吧。我這麼想著,捧著衣服快速來到當初存放的櫃子裡,將抽屜拉開時我才想到一個問題，是說，我那個時候怎麼就沒想過要翻一下看看還有沒有其他衣服？居然抓出一件之後就定生死了，沒準裡頭有放正常的男裝啊！

想到這個可能性，我立刻動了起來，也不忙著將衣服放回去，而是將整個抽屜給拉開，帶了點期待的看著裡頭存放的東西。爺爺的收納技巧還是很好的，衣服一邊、飾品配件一邊，然後鞋子一邊，一目了然，而我在翻完全部的衣服之後，重重地嘆了口氣。

爺爺，你是有多喜歡孫子穿女裝啊？

就在我黯然地將衣服通通收回去，準備將整個抽屜都歸位時，卡在裡頭的邊角處，一串圓潤的珠串吸引了我的注意力。奇怪，珍珠項鍊嗎？剛剛沒這東西啊，而且這個應該放在配件那一欄，怎麼會掉在衣服這邊……我好奇的扯了那串珠鍊一下，然後清楚地聽到上一層的抽屜發出了喀的聲音，這讓我立刻停手不敢再扯。

這、難道是從上一層垂下來的？我稍微趴下來往抽屜深處看去，哇咧，還真的是這樣，這上層抽屜該不會是貴重飾品區吧？光這珠串就不知道多少錢了。

秉著好奇心，我將手邊這層抽屜推回去後，一邊對自己說：「我只是要把那串珠鍊收回去免得哪天不小心扯斷了，絕對不是故意要偷看的。」一邊小心地拉開了上一層。

拉開之後，看清楚裡頭是什麼的我覺得眼角有點抽，顏面抽筋也不過如此。

『哇喔！安慈公！這是鳳冠霞帔耶！』紙妖很歡快的跳了出來，把自己整張染紅不說，還在上頭寫了個金光燦燦的雙喜，『小生知道這個喔！這是人子的嫁衣對吧？真好看啊，聽說人子們的嫁衣都是由穿上它的人親手縫製的，眼前這套的做工這麼精緻，做的那個人肯定是美人！』

看見紙妖這麼寫，我臉上抽得更厲害了。

爺爺，這套該不會真的是你親手縫繡的吧？不，等等，現在與其糾結於這套精緻絕倫的嫁衣是誰做的，還不如糾結一下為什麼這裡會出現嫁衣。

難道……我的腦袋閃過了某個讓我不想去相信卻偏偏是最有可能的假設，這讓我不只臉上抽搐，連心臟都要跟著抽搐了。

爺爺啊！為什麼你會穿著整套的鳳冠霞帔來找牧花者啊啊啊！這是惡作劇對吧？這只是單純的惡作劇對吧？

我忍著抱頭崩潰的衝動，將那個垂落到下一層的珠串給拉回來放好，然後我在鳳冠底下發現了一封小信封，我本來想直接無視掉的，但紙妖先我一步將那封信給撈了起來。

『安慈公！快看，是爺爺大人給您的信耶！』它邀功似的捧著信封，將上頭「給我親愛的孫子」這幾個大字面向我，讓我想假裝看不到都不行。

「喔……」我很沒力的接過信封，真奇怪，明明一直都很期待能看到爺爺的各種留言，但為什麼這封信卻讓我這麼不想拆開它呢？這一定是某種巫術……在這種不甘願下，我磨磨蹭蹭的拆開了信封，將裡頭的東西拿了出來。

那是一張以現代眼光來看有點落伍，但保存程度卻十足嶄新的照片，照片上的人身穿嫁衣立在一片紅色的花海之中——對，就是抽屜裡那套——神采靈動，巧笑倩兮，精緻的妝容配上羞澀的笑，完全就是一位美麗的新娘子。

「真漂亮……」

看到照片的瞬間，我忍不住如此讚嘆道。三妖也湊了過來看，娃娃是一臉的羨慕，紙妖還是一貫的白目，至於青燈……

『雖然不明白人子的審美觀，不過奴家以為，這位當真十分美麗。』好評，如果能舉牌的話應該有十分。

對此，我非常贊同地點頭，不過，「這是誰啊？」奶奶嗎？感覺不對啊，我困惑的看著照片中的人，越看越覺得奇怪，這人……怎麼感覺長得跟我有點像啊？

信封裡沒別的東西了，就只有這張照片，奇怪，難道只是想拉我一起欣賞美麗的新娘子嗎？在想要得知更多情報的狀況下，我很自然地翻轉了一下照片看背面——

——唷喔～小慈親！怎麼樣？爺爺很美吧？

那是爺爺特有的毛筆字，只是在這瞬間，我有種被雷得外焦裡嫩的感覺，不敢置信的來回翻轉著照片，確認自己沒有眼花看錯也沒有產生幻覺。

——唉，別看啦，照片上真的是我，而且還是你沒見過的年輕時代！照片上這套衣服看起來很棒吧？現在的你應該也看到實體了，那是爺爺當年一針一線努力做出來的，還趁機練了下鑲線的技法，怎麼樣？有沒有看呆了啊？

何止看呆，我跟我的小夥伴都驚呆了啊……

『爺爺大人果然是美人啊！』紙妖發出驚嘆。

『真好，娃娃的爺爺就從來沒讓娃娃瞧過他年輕時候的樣子……』鏡妖嘟起小嘴，再次羨慕起來。

『不愧是能同牧花者相交的人物，果真了得。』青燈表示佩服。

我：「……」

從某個角度上來說，妖怪們注重的點雖然有些與眾不同，但也勉強還算在驚呆的範圍內吧。也是到了這時我才察覺，原來不是照片上的人長得像我，而是我長得有點像他，真要說起來的話，我爸長得更像，畢竟他倆是父子。

留言還沒結束——

——在這裡呢，小蔥親，爺爺有個很重要很偉大的任務要交給你，這可說是爺爺的畢生心願，還請你務必要替爺爺圓夢一下。

喔？什麼事這麼客氣？居然動用到「請」這個字，要知道以前爺爺如果想叫我幹啥都是直接踢出去做，從沒跟我客氣過的。

——其實這也不難，只是想讓小蔥親穿上這套嫁衣，妝容用照片上爺爺畫的那種就行，全部打理好之後呢，你就帶上相機去找那傢伙，然後幫爺爺把那傢伙的表情給拍下來……

啥？要我穿這個？去找牧花者？還拍照？

我的頭上在這瞬間冒出了無數的黑線。

——當年忘了拍照這件事一直讓爺爺感到萬分遺憾，現在只能寄望小蔥親能替爺爺達成這個願望啦！加油！爺爺的夢想就靠你啦！

我、拒、絕！

在心底咬牙切齒的迸出這三個字後，我立刻將照片塞回信封裡放回鳳冠底下，然後用最快的速度關上抽屜！

『唉呀？安慈公不穿嗎？那是爺爺大人的畢生心願呢！』紙妖頂著大紅底的金字雙喜，滿心期待的在櫃子附近飄啊飄，『小生覺得啊，安慈公穿起來一定很好看，不會比爺爺大人差的！』

娃娃嚮往地表示：『那嫁衣真漂亮呀，娃娃如果也能擁有這麼一套屬於自己的漂亮嫁衣，不知該有多好呢……』跟嫁衣這兩個字比起來，更吸引她的似乎是漂亮這個重點。

『據聞，人子的嫁衣一生只能穿一次，莫非，安慈公是擔心這次穿過之後就不能再穿了？』青燈很天真地說。

「別猜了，都不是你們想的那樣，總之我不會穿的！」哪怕那是爺爺的願望我也不會屈服的！

『咦？這麼美的衣衫，安慈公不穿嗎？』娃娃第一個發出嘆息，『好可惜喔。』

青燈沒說話，只是一雙眸子閃閃發亮的，充滿著說不清道不明的奇妙光芒，讓我忍不住倒退了三步。

至於紙妖……

『穿啦穿啦穿啦穿啦穿啦穿啦穿啦穿啦穿啦穿啦穿啦穿啦穿啦穿啦穿啦

——』有如積蓄已久般，大把大把的紙張從青燈身後噴了出來，很有噴很大、噴不要錢的氣勢，真要寫出來的話這串文字可能會直接占去兩頁版面，為免灌水嫌疑，故以下直接省略，大家心裡知道就好。

瞪著紙妖這純屬浪費紙資源的噴發，我臉色鐵青，想也不想的就怒吼出聲：「這事沒商量！開玩笑，要穿嫁衣還要化妝還要拍照耶！如果只是穿穿那還能接受，但後面兩項無論如何絕對不行！」

語出，青燈的眸子更亮了，『也就是說，如果只是穿的話就可以嗎？』

啥？

『哇！安慈公要穿了耶！』

不對，我什麼時候說要穿了？「等等，那只是一種比喻而已！」我沒有說要穿！

有些焦頭爛額的試著跟青燈還有娃娃解釋，而紙妖還在那邊繼續噴紙，一時之間，這片區域充滿了它的「穿啦穿啦」，加上兩雙水汪汪地寫著「安慈公說話不算話」的眼睛，當下氣悶無比的我只能恨得咬牙轉向那堆紙。

「紙妖，你浪費紙張浪費得很開心嘛？」

『穿啦穿啦穿啦穿啦穿啦穿啦穿啦穿啦——』

「我要告訴牧花者，你在他的屋子裡扔了一大堆亂七八糟的紙，破壞他的休息環境。」

我直接把牧花者搬了出來，然後世界瞬間安靜了，或者說，乾淨了。

也不知道紙妖是怎麼弄的，只見本來還灑得鋪天蓋地的A4紙突然像是被什麼東西給吸走一樣，一張張唰唰的往青燈身後飛，眨眼間，周遭再也看不到寫著「穿啦穿啦」的紙，只有一張抖得如秋風落葉的搭波A畏畏縮縮的從青燈背後探出一小半。

……剛才那堆至少有五包分量的紙都跑哪去了？我看著正在青燈肩上搖小白旗的紙妖，再次體會到妖道的神奇之處。

神奇歸神奇，該罵的還是要罵，雖然我覺得罵了好像也沒效果，但這是一種自我安慰，有罵有保佑，就算不能保佑紙張不會被偷，好歹也能保佑那些紙能被回收……「給你一天時間，把從宿舍裡偷來的紙好好地放回去。」

『遵命……』搖晃著小白旗，紙妖一身溼答答的回覆。

對於這一番變化，青燈左看看右看看，最後跟娃娃對望一眼後，才雙雙期盼的看了過來：『那，安慈公什麼時候要穿上那套嫁衣呢？』

……

我真的沒有要穿啦……（哭）

頂著那兩雙水亮的眸子，我對我剛才那脫口而出的失言感到無比懊悔，而就在這視線壓力跟信任危機之下，我異常艱難地開口了。

「……此事有待商議，我們還是先打掃吧。」不得已之下，我只能使出拖字訣，將所剩不多的掃地任務交出去後，開始整理包包。

為了轉移她們的注意力，我在整理的同時替青燈跟娃娃做起科普，「其實以現代來說，婚裝並不限制女孩子一生只能穿一次，會有這種言論流傳，只是因為古時候的某些朝代對婦女的要求很嚴苛，改嫁什麼的想都不要想，不過，也不是每個朝代都這麼死硬的。」

我挖著腦中為數不多的歷史知識，「而且現在幾乎沒有人會去親手縫製自己的嫁衣了，一般都是在外頭租借啦或是買現成的，只有極少部分會真的自己動手做，嗯，總之跟古時候很不一樣了啦。婚禮流程也是，覺得中式太繁瑣那就用西式的，要是連這過程都嫌麻煩，那甚至能用公證解決一切，不但省錢簡單還很省事。」我一邊將課本塞回包包裡一邊說，說完之後才驚覺自己幹嘛講這麼多?這幾隻又不結婚!

就算真的要結也不會用人類的規矩，是說，「妖怪的結婚是怎麼樣的？」我好奇的看向三妖，然後發現這三位你看我我看你的瞪了半天，最後還是青燈不太好意思的站出來說。

『妖者之間，倒是不若人子這般，只要認定了那就在一起便是，烙印於彼此心底的名就是最好的誓，很少會去額外進行什麼儀式，若真有要求，』青燈看起來有些不好意思，『只要能與對方找一塊清靜的地方獨處，兩者共食一塊餅，共飲兩杯酒，隨後一起待上三個時辰……這也就是了。』

出人意料之外的簡單俐落啊。

我頗為新奇的聽著這個妖道間的儀式，聽起來挺平淡，不過細細品味後也頗浪漫的，我這麼想著，然後有些壞壞的看著紙妖，「共食一塊餅啊……那吃不了東西的怎麼辦?」

『小生可以跟對方分享一張紙！』紙妖非常快速的寫道，一樣是紅底金字。在它如此慎重說明的同時，我清楚地看到娃娃非常認真的點著頭，一雙大眼閃閃發亮，像是要將紙妖這段聲明給牢記在心一樣，這讓我心頭咯噔一下。

這個，應該只是我想太多了，娃娃跟紙妖只是好朋友，而且我怎麼想也想不出紙妖這張白目能有哪點被人看上，嗯，想太多了。

「是說這樣也挺好，少了那堆繁文縟節，免得分開的時候又是一陣雞飛狗跳。」要像人類這樣啥事都得來個儀式的話，在古代得有休書，現代則是離婚協議書，要是扯到財產的話那更煩了。將最後收好的筆袋扔進包，我無心地說道，沒想到卻引來一陣詫異。

『分開？奴家不明白安慈公的意思。』

『娃娃也不懂。』

『？』紙妖大紅的身上符現一個金光問號，整個閃閃發亮瑞氣千條。

「這個，就是分手的意思啊，人類的說法叫做離婚，離婚之後就從此兩不相干了。」這麼簡單的事情還需要解釋啊？「怎麼，妖道不離婚的啊？」我半開玩笑的說，沒想到青燈還真點頭了。

『自然，』她點頭點得理所當然，那沒半點猶豫的態度讓我有些錯愕，『妖者從不輕易交付真心，但只要認定了就不會再更改，無論時間如何推移，哪怕對方已然前往歸處也一樣……人子們，竟是如此不同的麼？明明已經認定了，卻仍然會分開？』

她很困惑的看著我，而另外兩隻顯然在心智上還沒有成熟到會去思考這種問題，則是在旁看熱鬧，看得我一陣壓力山大。

「這個，應該就是所謂的種族差異，對，是種族差異……」對此，我只能尷尬萬分的摸摸鼻子，非常敷衍的帶了過去。

其實，無論身上有沒有半妖的血統，我對青燈剛才提的妖道觀點都是很認可的，一生一世一雙人，聽起來多美好不是？但這聽著美好的理想，實際做起來卻不是那麼容易，一個正常人類在一生當中會動心幾次？這個數字不好估計，尤其像阿祥那種三天兩頭覺得自己遇到真愛的傢伙，這就更難計算了。

當然，那種初戀就遇到真命的人一定有，但以數量來說實在不多，這需要很強大的運氣，還需要一路堅持的經營，更需要的，可能是勇氣。

而且相比於妖道只是因為喜歡而在一起的單純，人類的「在一起」有時候會顯得很複雜，感情往往不是第一優先取向，而是會受到許多外在因素的影響，比方說金錢跟政治，為了利益而嫁娶的事情多了去，在這種情況下，就算最後走向分離也只能說聲不意外。

所以，與其在現實社會裡尋找這樣的美好，直接去翻純愛向言情小說可能會比較快，就算男女主角愛得有些莫名其妙，至少還能用一句真愛不解釋來包容一切的不合理。

唉。我在心底偷偷嘆了口氣，人與妖之間的確很不同啊。

我如此感慨著，而就在這個時候，耳邊傳來了娃娃天真的聲音。

『所以安慈公什麼時候要穿嫁衣呢？娃娃可以用鏡像替您留影喔！』

……

我真的、真的沒有要穿啦！

好嫁衣，不穿嗎？

番外之二〈爺爺的嫁衣〉完

後記

各位安，好久不見了。

這次這本第四集，算是第一次試著規規矩矩的一章一章按照編排好的進度來，結果每章都想寫到預想劇情進度的下場就是……每章都爆章啦哈哈哈XD！

所以看起來章節數好像變少了，但請務必相信其中的內容並沒有縮減喔喔喔！

白鳳作為本次新出場的角色，個人是非常喜歡的，這是第一次嘗試這種上一秒對你笑下一秒就能把你殺掉的角色，其美豔妖嬌的造型也算是本部作品當中獨一份的，所以忍不住就傾注了不少描寫下去，寫得十分開心，希望大家也會喜歡。

然後爺爺，哈哈，爺爺老樣子的又來怒刷存在感了，那上天下地三百招裡頭可是記載了爺爺的各種年少輕狂啊！不要懷疑！爺爺以前就是個惹禍精，走到哪惹到哪，出門在外的日子基本上就是一本囊括了各種地形的跑路大全，內容之齊全可說是只此一家別無分號！

（安慈：爺爺啊，你以前到底都在做什麼……）

（爺爺：當然是四處與人為善啊～小慈親～）

不過，這畢竟是安慈的故事，所已有關爺爺的神祕過往還請各位期待傳說中的爺爺外傳吧！

（場外：真的會有那種東西嗎？）

（謎之音：這、我才不會說這只是不負責發言呢！）

總之！爺爺什麼的先放一邊，白鳳跟雪林之間的故事，將在第五集得到一個了結，當年到底是怎麼回事呢？
敬請期待下回分曉啦XD！

日京川　記於一個剛吃完排骨便當的夜晚

輕世代
FW076

惡靈宅配到府 全

林賾流 著
左萱 繪

自認只是名再普通不過的路人甲・季曉南，
孰料歷經一夜噩夢，又雞婆地替人推理命案之後，
一隻滿身腐肉、活像史萊姆的惡靈就這麼憑空降臨她家 ?!

儘管發現這隻史萊姆的原形帥得讓她心頭撞小鹿，
它卻喜歡吐槽她的喜好、藉機敲詐勒索、
還帶賽引來一對小厲鬼夾殺她！
媽呀，她該怎麼辦才能安然活到真相大白的那天 ?! TAT

★追加收錄未公開・抖M番外〈讀者的逆襲〉！

高寶書版集團
gobooks.com.tw

輕世代 FW070
青燈04白鳳鳴

作　　者　日京川
繪　　者　kiDChan
編　　輯　許佳文
校　　對　林紓平
美術編輯　陸聖欣
排　　版　彭立瑋
出　　版　英屬維京群島商高寶國際有限公司臺灣分公司
　　　　　Global Group H Ｏ L dings, Ltd.
地　　址　臺北市內湖區洲子街88號3樓
網　　址　gobooks.com.tw
電　　話　(02) 27992788
電　　郵　readers@gobooks.com.tw（讀者服務部）
　　　　　pr@gobooks.com.tw（公關諮詢部）
傳　　真　出版部　(02) 27990909　行銷部 (02) 27993088
郵政劃撥　19394552
戶　　名　英屬維京群島商高寶國際有限公司臺灣分公司
發　　行　希代多媒體書版股份有限公司/Printed in Taiwan
初版日期　2014年5月

國家圖書館出版品預行編目(CIP)資料

青燈. 4, 白鳳鳴 / 日京川著. -- 初版.
-- 臺北市 : 高寶國際, 2014.05-
面； 公分. -- (輕世代 ; FW070)

ISBN 978-986-361-001-4(平裝)

857.7　　103006249

三日月

三日月